CB028273

O surgimento dos pássaros

Naroriwë

Ou o livro das transformações contadas pelos Yanomami do grupo Parahiteri

edição brasileira© Hedra 2022
organização e tradução© Anne Ballester

coordenação da coleção Luísa Valentini
edição Luisa Valentini e Jorge Sallum
coedição Suzana Salama
assistência editorial Paulo Henrique Pompermaier
revisão Luisa Valentini, Vicente Sampaio e Renier Silva
capa Lucas Kroëff

ISBN 978-65-89705-70-3
conselho editorial Adriano Scatolin,
Antonio Valverde,
Caio Gagliardi,
Jorge Sallum,
Ricardo Valle,
Tales Ab'Saber,
Tâmis Parron

Grafia atualizada segundo o Acordo Ortográfico da Língua
Portuguesa de 1990, em vigor no Brasil desde 2009.

Direitos reservados em língua
portuguesa somente para o Brasil

EDITORA HEDRA LTDA.
Av. São Luís, 187, Piso 3, Loja 8 (Galeria Metrópole)
01046–912 São Paulo SP Brasil
Telefone/Fax +55 11 3097 8304
editora@hedra.com.br

www.hedra.com.br

Foi feito o depósito legal.

O surgimento dos pássaros

Naroriwë

Ou o livro das transformações contadas
pelos Yanomami do grupo Parahiteri

Anne Ballester (*organização e tradução*)

2ª edição

São Paulo   2022

O surgimento dos pássaros faz parte do segmento Yanomami da coleção Mundo indígena — com *O surgimento da noite*, *A árvore dos cantos* e *Os comedores de terra* —, que reúne quatro cadernos de histórias dos povos Yanomami, contadas pelo grupo Parahiteri. Trata-se da origem do mundo de acordo com os saberes deste povo, explicando como, aos poucos, ele veio a ser como é hoje. Este volume reúne histórias sobre os quatis, as cutias e as antas, as queixadas, os cuatás, os beija-flores e os passarinhos. Na temporalidade própria das histórias, seres que hoje são animais e espíritos eram gente Yanomami. São também apresentadas narrativas como a da queda do céu e a história da ploriferação do fogo.

Anne Ballester foi coordenadora da ONG Rios Profundos e conviveu vinte anos junto aos Yanomami do rio Marauiá. Trabalhou como professora na área amazônica, e atuou como mediadora e intérprete em diversos *xapono* do rio Marauiá — onde também coordenou um programa educativo. Dedicou-se à difusão da escola diferenciada nos *xapono* da região, como à formação de professores Yanomami, em parceria com a CCPY Roraima, incorporada atualmente ao Instituto Socioambiental (ISA). Ajudou a organizar cartilhas monolíngues e bilíngues para as escolas Yanomami, a fim de que os professores pudessem trabalhar em sua língua materna. Trabalhou na formação política e criação da Associação Kurikama Yanomami do Marauiá, e participou da elaboração do Plano de Gestão Territorial e Ambiental (PGTA), organizado pela Hutukara Associação Yanomami e o ISA.

Mundo Indígena reúne materiais produzidos com pensadores de diferentes povos indígenas e pessoas que pesquisam, trabalham ou lutam pela garantia de seus direitos. Os livros foram feitos para serem utilizados pelas comunidades envolvidas na sua produção, e por isso uma parte significativa das obras é bilíngue. Esperamos divulgar a imensa diversidade linguística dos povos indígenas no Brasil, que compreende mais de 150 línguas pertencentes a mais de trinta famílias linguísticas.

Sumário

Apresentação 9

Como foi feito este livro 11

Para ler as palavras yanomami 15

O SURGIMENTO DOS PÁSSAROS. 17

O surgimento dos pássaros 19

Naroriwë 33

A transformação dos quatis 47

Të pë rë yaruxeprarionowei 51

A proliferação do fogo 53

Iwariwë 61

O surgimento do cupim 69

Yanomamɨ pë rë ãrepopronowei 71

Os levados pelo rio 73

Keopëteri 75

A queda do céu 77

Hutukarariwë 81

O sangue de Lua 85

Pẽripo ĩyë 89

Kasimi e o seu neto 93

Kasimi 99

O pássaro siikekeata 105

Siikekeatawë 109

Apresentação

Este livro reúne histórias contadas por pajés yanomami do rio Demini sobre os tempos antigos, quando seres que hoje são animais e espíritos eram gente como os Yanomami de hoje. Estas histórias contam como o mundo veio a ser como ele é agora.

Trata-se de um saber sobre a origem do mundo e dos conhecimentos dos Yanomami que as pessoas aprendem e amadurecem ao longo da vida, por isto este é um livro para adultos. As crianças yanomami também conhecem estas histórias, mas sugerimos que os pais das crianças de outros lugares as leiam antes de compartilhá-las com seus filhos.

Como foi feito este livro

ANNE BALLESTER SOARES

Os Yanomami habitam uma grande extensão da floresta amazônica, que cobre parte dos estados de Roraima e do Amazonas, e também uma parte da Venezuela. Sua população está estimada em 35 mil pessoas, que falam quatro línguas diferentes, todas pertencentes a um pequeno tronco linguístico isolado. Essas línguas são chamadas yanomae, ninam, sanuma e xamatari.

As comunidades de onde veio este livro são falantes da língua xamatari ocidental, e ficam no município de Barcelos, no estado do Amazonas, na região conhecida como Médio Rio Negro, em torno do rio Demini.

DA TRANSCRIÇÃO À TRADUÇÃO

Em 2008, as comunidades Ajuricaba, do rio Demini, Komixipiwei, do rio Jutaí, e Cachoeira Aracá, do rio Aracá — todas situadas no município de Barcelos, estado do Amazonas — decidiram gravar e transcrever todas as histórias contadas por seus pajés. Elas conseguiram fazer essas gravações e transcrições com o apoio do Prêmio Culturas Indígenas de 2008, promovido pelo Ministério da Cultura e pela Associação Guarani Tenonde Porã.

No mês de junho de 2009, o pajé Moraes, da comunidade de Komixipïwei, contou todas as histórias, auxiliado pelos pajés Mauricio, Romário e Lauro. Os professores yanomami Tancredo e Maciel, da comunidade de Ajuricaba, ajudaram nas viagens entre Ajuricaba e Barcelos durante a realização do projeto. Depois, no mês de julho, Tancredo e outro professor, Simão, me ajudaram a fazer a transcrição das gravações, e Tancredo e Carlos, professores respectivamente de Ajuricaba e Komixipïwei, me ajudaram a fazer uma primeira tradução para a língua portuguesa.

Fomos melhorando essa tradução com a ajuda de muita gente: Otávio Ironasiteri, que é professor yanomami na comunidade Bicho-Açu, no rio Marauiá, o linguista Henri Ramirez, e minha amiga Ieda Akselrude de Seixas. Esse trabalho deu origem ao livro *Nohi patama Parahiteri pë rë kuonowei të ã — História mitológica do grupo Parahiteri*, editado em 2010 para circulação nas aldeias yanomami do Amazonas onde se fala o xamatari, especialmente os rios Demini, Padauiri e Marauiá. Para quem quer conhecer melhor a língua xamatari, recomendamos os trabalhos de Henri Ramirez e o *Diccionario enciclopedico de la lengua yãnomãmi*, de Jacques Lizot.

A PUBLICAÇÃO

Em 2013, a editora Hedra propôs a essas mesmas comunidades e a mim que fizéssemos uma reedição dos textos, retraduzindo, anotando e ordenando assim narrativas para apresentar essas histórias para adultos e para crianças de todo o Brasil. Assim, o livro original deu origem a diversos livros com as muitas histórias contadas pelos pajés yanomami. E com a ajuda do PROAC, programa de apoio da SECULT–SP e da antropóloga Luísa Valentini, que organiza a série Mundo Indígena, publicamos agora uma versão bilíngue das principais narrativas coletadas, com o digno propósito de fazer circular um livro que seja, ao mesmo tempo, de uso dos yanomami e dos *napë* — como eles nos chamam.

Este livro, assim como o volume do qual ele se origina, é dedicado com afeto à memória de nosso amigo, o indigenista e antropólogo Luis Fernando Pereira, que trabalhou muito com as comunidades yanomami do Demini.

Para ler as palavras yanomami

Foi adotada neste livro a ortografia elaborada pelo linguista Henri Ramirez, que é a mais utilizada no Brasil e, em particular, nos programas de alfabetização de comunidades yanomami. Para ter ideia dos sons, indicamos abaixo.

/ɨ/   vogal alta, emitida do céu da boca, próximo a *i* e *u*

/ë/   vogal entre o *e* e o *o* do português

/w/   *u* curto, como em *língua*

/y/   *i* curto, como em *Mário*

/e/   vogal *e*, como em português

/o/   *o*, como em português

/u/   *u*, como em português

/i/   *i*, como em português

/a/   *a*, como em português

/p/   como *p* ou *b* em português

/t/   como *t* ou *d* em português

/k/   como *c* de *casa*

/h/   como o *rr* em *carro*, aspirado e suave

/x/   como *x* em *xaxim*

/s/   como *s* em *sapo*

/m/   como *m* em *mamãe*

/n/   como *n* em *nada*

/r/   como *r* em *puro*

O surgimento dos pássaros

O surgimento dos pássaros

O GRANDE *tuxaua* que dividiu a terra onde nós moramos era um verdadeiro líder, e morava além da parte central da terra dos Këpropë.[1] Esse nome, um nome importante, também é o nome da região onde ele nos ensinou a morar; é o nome da região onde eles moravam antigamente.

Nessa terra, ele fazia o *kawaamou* e transmitiu esse ritual; ele os mandava se reunirem e nos ensinou, assim, a nos reunirmos em nosso *xapono*.[2]

Como se chamava aquele que dividiu a terra, quando, no início, os Yanomami ainda não praticavam esse ritual; que, em seguida, se tornou líder e deu a terra? Ele tem nome. Aquele que mostrou o *kawaamou* se chamava Gavião.

Ele existiu desde o início, esse verdadeiro líder que, depois, chegou para morar com os poucos líderes que sobreviveram ao dilúvio. Gavião morava em um *xapono* e o cunhado dele era o líder do grupo dos Wãhaawëteri em outro *xapono* vizinho. Wãhaawë era o nome dele. Os dois sobreviveram.

1. Trata-se de outro nome dos próprios Parahiteri, narradores da história.
2. Os *xapono* são as casas coletivas circulares onde moram os Yanomami. Cada casa corresponde a uma comunidade; em geral não se fazem duas casas numa mesma localidade.

A região que ocupou se chamava Wãha, por isso o nome dele era Wãhaawë. Foram os ancestrais mesmo. Foi ele que dividiu e deu a terra para nossos antepassados morarem. Aquele que deu a terra aos nossos antepassados se chamava Wãhaawë. Os moços iguais aos nossos, que moravam com ele, se chamavam também Wãhaawë.

Moravam os dois, Gavião e Irara. Chamava-se Irara aquele que ensinou os Yanomami a atirar com zarabatana.

Nessa terra, quando não havia Yanomami, moravam somente três pessoas. Era o *xapono* de Gavião, que bebia a água do rio Porena. O *xapono* dele se localizava na beira do rio Porena e bebia sua água. É o nome do rio onde os dois moravam. Tomavam banho nessa água. A região de Porena era a região deles. Moravam lá, perto daquele rio.

Nós, Yanomami, quase que não aprendemos a soprar veneno nos outros. Já mencionei esses nomes, Irara e Gavião, nomes terríveis que vocês já ouviram.

Agora é a história daquele que experimentou soprar. Foram esses dois que ensinaram àquele feio; Irara já conhecia o veneno, pois ele o possuía.

Depois de ter observado Irara soprar veneno, o feio aprendeu e logo soprou em Mel. Experimentou nele; aquele feio experimentou em Mel pela primeira vez, quando o ato de matar não existia e quando ninguém morria.

Aquele antepassado chamado Irara recebeu o nome de Nokahorateri, o que entende de veneno; o grupo dele também passou a se chamar assim.

O feio quis atirar logo em Mel, pois pediu veneno a Irara. Ele o pegou, quebrou um pedaço de semente para experimentá-lo imediatamente. Esta é a história do feio que soprou pela primeira vez o veneno. Não são os nossos antepassados, são outros!

Havia um líder muito bonito chamado Mel. Era nobre e muito cheiroso: onde ele passava, deixava seu perfume, pois o cheiro dele era como o dos cabelos das mulheres que os Yanomami acham tão bonitas que desejam ir aos *xapono* delas para se casarem.

Duas mulheres chegaram e viram Mel roçando, as duas ficaram sentadas. Ele mostrou como roçar, ele abriu a roça. Saíram do *xapono* delas e andaram uma atrás da outra, até o *xapono* dele, só para vê-lo.

— Olha só, como esse homem é bonito!

As duas pensavam isso por causa dos seus cabelos bem macios e cheirosos. Hĩa!, fizeram as duas cheirando. Toda a floresta estava cheirosa, o perfume dele se espalhava.

No mesmo *xapono*, morava Mucura, o feio, que não cheirava tão bem.[3] Ao avistar as duas mulheres, cheias de desejo e se dirigindo apressadas à casa de Mel, Mucura se zangou. Ele era mesquinho e, assim, ensinará os feios a matar os bonitos. Indiretamente, as duas mulheres entregaram Mel à morte.

Quando apareceram as duas mulheres, passando na frente da casa do feio, ele estava deitado no chão. *Xiri! Kuxuha! Krihi!* Mucura bateu o chão com o pé para chamar a atenção das duas e, quando elas olharam, o feio fingiu cair no chão para elas cuidarem dele.

Apesar de ser fedorento, de estar sempre com olhos purgando e cheio de feridas, quando ele viu as duas mulheres se abraçando, ele bestamente pensou:

— Elas chegaram para mim, minhas duas mulheres apareceram, gosto delas.

Ao perceber que o olhar das duas mulheres se dirigia à rede bonita de Mel, ele se zangou mais ainda.

3. Mucura é um nome amazônico para o gambá.

— Estou aqui! — disse ele, mas sem efeito, pois elas não vieram por sua causa.

A rede estava amarrada lá do outro lado, em um espaço livre, e as franjas de sua rede vermelha, cor de sangue, se balançavam levemente, a rede estava logo ali.

— É essa daí, lá mesmo, lá está a rede dele! — disse uma das duas mulheres, em pé de frente para a casa de Mucura.

Enquanto isso, Mucura fingia fazer o *wayamou*, apesar de não saber fazê-lo:[4]

— *Aë, aë, aë*! Minha mãe, a comida que eu guardo no moqueador, pegue a carne e dê às minhas duas esposas que chegaram, dê a elas agora.

Apesar de não serem esposas dele, ele falou assim.

Ele deu um pedaço de carne da bunda dele às duas mulheres, que olharam de soslaio e fugiram, por causa do fedor.

Kuxu!, elas fizeram, cuspindo, *kuxu*!

O fedor afastou as duas, que foram em direção da rede de Mel, que estava um pouco mais adiante. Elas foram lá, deitar-se juntas na rede dele. Ao chegar em casa, Mel pensou, *hïi*!, e perguntou:

— O que vocês duas estão fazendo? Não havia ninguém como vocês antes, como vocês duas chegaram?

— Viemos por sua causa! Venha! Venha!

Agarraram-no e o deitaram em cima delas. Deitaram uma de cada lado para cheirá-lo. O feio, que fazia o *wayamou*, viu isso e chorou.

---

4. O *wayamou* é um diálogo cerimonial realizado à noite por um hóspede e um anfitrião por ocasião de uma visita, destinado reforçar ou restabelecer relações pacíficas entre dois *xapono*. Mucura não está fazendo o *wayamou* do modo correto.

Ele se abaixou e as moscas seguiam seu fedor. Ele estava cheio de ura,[5] as pálpebras estavam cheias de ovos de mosca. Quase cego pela ira, ele rapidamente saiu, pois aqueles que guardavam o veneno, Irara e Gavião, moravam ali perto. Ele pediu:

— Me deem o veneno! Vou experimentar! Quero magoar as duas mulheres que chegaram e me fizeram sofrer. É verdade o que estou dizendo! Vou usar agora! Dêem um pedaço! — disse ele.

Eles logo responderam:

— Então pegue o meu! Experimente com este! Experimente! Tente!

— Mas com quem?

— Não digam que não sabem! Vocês já conhecem aquele feio, Mel! Sabem como ele não presta! É o nome daquele que não presta!

Apesar de ser menos que ordinário, de ser careca, apesar de ter um rosto feíssimo, ele disse isso! O nariz dele era horrível, e mesmo assim ele disse isso. O olhar dele era horroroso, e mesmo assim, ele disse isso.

— Verdade, mesmo?

— Sim! Verdade! Vou experimentar hoje!

— Se você diz isso, então tome!

Quando voltou, ele rapidamente se preparou.

Querendo impedi-lo, a mãe de Mucura falou:

— Querido! O que você está querendo fazer? Deixe para lá! Deixe para lá! — disse ela. — Cuidado, querido! O que você está querendo? O que você está pretendendo fazer? Cuidado! Não vai, não, não vai! Fique quieto! — disse ela. — Não vá lá de novo, com Irara e Gavião! As mulheres são de Mel! São mulheres dele! Não pense que

---

5. Isto é, *bernes*.

elas vieram para você! — disse a mãe. — Elas fecharam o nariz por causa do seu fedor! — disse.

Pois seu fedor chegava longe.

— Não me pergunte o porquê! Eu vou!

Mel havia voltado para derrubar as árvores grandes. Mucura já queria matar Mel.

Mucura correu e logo foi, enquanto zoava a queda das grandes árvores. *Kou! Kou! Kou! Kou!*

— *Ãaaaaaõoooo! Aë, aë, aë, aëëëëëëëëëëë!* — estrondava o eco da voz bonita de Mel.

Para experimentar a força do veneno, Mucura o experimentou primeiro em Lagartixa. As lagartixas, que ficam grudadas aos jutaís, aquelas que sempre sobem. Mucura foi em direção de Lagartixa, enquanto Mel derrubava.

Onde se erguia um jutaí, Lagartixa subia, fazendo *tararararara!*

— *Kuxu! Kuxu! Kuxu!* Vou soprar naquele mesmo! Eu vou experimentar a força do veneno! — disse Mucura.

Primeiro ele soprou Lagartixa. Soprou. Pegou de raspão na garganta de Lagartixa. *Paha!* E uma última vez, *paha! Paiii!*

Com isso, ele o feriu, e onde arrancou um pedaço da garganta, deixou vermelhas as gargantas das lagartixas. Mucura ficou olhando, para ver Lagartixa passar.

O veneno não agiu. O veneno era fraco. Somente as folhas de jutaí, tontas de veneno, caíram. Lagartixa, que Mucura havia soprado, subiu mais acima. Mesmo tonto, ele não caiu. Ele se recuperou.

— Puxa! Não faz isso comigo!

Mucura não gostou de ele ter resistido ao veneno. Lagartixa sumiu, já estava em outro lugar. Mucura, depois de soprar o veneno que tocou levemente a garganta de Lagartixa, foi em direção ao bonito Mel, que trabalhava e não aguentaria a força do veneno: o fôlego dele não seria tão forte.

Mel estava virado em cima do andaime. *Paha! Paha!* Ele se desequilibrou. Aquele que foi soprado antes pegou um atalho e foi falar a Mel:

— Tome cuidado! Ele me soprou! Aquele feio fedorento quis primeiro experimentar a força do veneno comigo! Cuidado, fique atento! Ele vem em sua direção! — disse ele.

— *Hĩĩ!* A força do veneno não me destruirá! O feio não me pegará! — Mel disse.

O feio já estava perto.

— Ele está me desafiando! — disse Mucura.

Mel virou, enquanto derrubava com o machado. *Paha! Paha! Paha!*

Mucura simplesmente soprou; você não aguentaria muito tempo a força desse veneno, não dá para aguentar.

Mucura foi logo embora e Mel caiu, tonto. Ele caiu. Corre, corre! Aquele que tinha caído voltou para suas duas mulheres. Quando ele chegou, não demorou...

— Estou com muito frio! Estou morrendo de frio! — chegou em casa, delirando, tonto. — Faça fogo para mim! — disse ele.

Ele já estava morrendo. Enquanto as duas cuidavam do marido, esfregando-o, ele caiu morto.

Ensinando o choro aos Yanomami, elas duas logo choraram, choraram, pensando nele. As duas se abraçavam, chorando, se segurando pela mão, chorando. Onde estava o marido morto, as duas mulheres avançavam e recuavam.[6] Aí o feio se juntou, aquele que havia soprado fingia chorar, de medo fingia chorar, e disse assim:

---

6. Trata-se de um movimento da dança feita em ocasiões fúnebres.

— Meu grande e querido sobrinho! Meu sobrinho, mesmo! Mataram meu sobrinho! Mataram meu irmão! Puxa vida! Reapareça para elas! — fingia.

Enquanto falava assim, as duas mulheres fugiram, não queriam escutar. Ele as seguiu. Enquanto ambas as mulheres rodavam ao redor do *xapono*, chorando, ele falava, fingindo chorar; rodeava ao redor do *xapono*, dissimulando, e as duas mulheres choravam, fugiam dele de novo, pois estavam bem zangadas. Apesar de ele chorar, as lágrimas não saíam, ele simplesmente fingia.

Ele fugiu. As duas mulheres cremaram o corpo de Mel e, enquanto o cremavam, o feio fugiu para se esconder, como se fosse escapar: fugiu pensando poder se esconder.

Depois da fuga dele, e ensinando os Yanomami como se mata, como se segue os rastros, eles seguiram logo os rastros. Procuraram os rastros. Procuraram os rastros. Procuraram. Fizeram isso logo, e não perderam os rastros.

— Foi o feio que o matou! — diziam. — Foi mesmo o feio, o feio fugiu! Agora é a vez dele! — esbravejavam. — Nunca sobreviverá, criminoso! Vamos dar o troco! Acabou com nosso líder, então vamos matá-lo! — disseram, e seguiram os rastros.

As formigas Tokonari, as formigas Xĩriana, as formigas Mamisipreima e as saúvas se mexeram, seguindo os rastros. Os passarinhos também seguiram os rastros.

Eles chamaram Resimaritawë, que seguiu os rastros como cachorro, pelo cheiro; eles passaram levando Resimaritawë.[7] Não conseguiam encontrar os rastros onde

---

7. No dicionário de Lizot consta tratar-se do ancestral do minhocuçu, um anelídeo grande, *heresima*. Como o termo não coincide exatamente, mantemos o nome original.

havia pedras, onde havia a pedra *maharixitoma*, porque os rastros já tinham sumido.

Naquele lugar, onde Mucura havia matado Mel, os seus rastros estavam dando voltas, sumindo no meio de um pântano. Ele fugiu e estava a uma distância igual àquela que nos separa do rio Maupuuwei, aonde vamos caçar em grupo.

Mucura se escondia na montanha, ele foi lá em cima, porque queria escapar. Ele subiu em uma árvore. A montanha era redonda como um jutaí, ele entrou lá, onde a montanha tinha uma fenda. Pretendia se trancar ali. Eles derrubariam a montanha para pegá-lo. Mucura não entrou no jutaí. Ele entrou nessa montanha, porque queria fugir.

Como criminoso, ele se arranhava, mas não com as unhas.[8] Adormeceu. Criminoso. Ele se admirava, porque matou. Ele ensinou a ser criminoso. Ele perpetuou o crime. Ele estava dormindo.

Resimaritawë seguiu o fio de Mucura, e ficou escutando.

— Aqui! Ele está dormindo — pensou.

Como criminoso, Mucura guardava um tipo de canudo no braço, guardava um em cima da orelha. *Õooo, õooo, õooo*! Ouvia-se a respiração de Mucura e Resimaritawë escutava:

— *Õooo, õooo, õooo*! Mel! Mel! Você viu como é bom? Foi isso que fiz para você! — roncava Mucura.

Apesar de estar roncando, ele se gabava.

— Está vendo? Foi o que fiz pra você! Mel, foi o que fiz para você! — dizia, roncando.

---

8. A pessoa que assassina alguém costuma se arranhar com as unhas, castigando-se. Mucura é mau, então não chega a se machucar.

Ouvindo isso, Resimaritawë logo se assustou e gritou:

— *Hïaaaaaaaaaëë, aaaaaaëë*, o Mucura fedorento, aqui, o feio em pessoa está se gabando bem na minha frente, *aaaaaë*! — disse ele.

Esse abrigo estava na base da montanha, que vocês não conseguiriam derrubar rapidamente, mas eles trabalharam como loucos e causaram um impacto incrível no cume da montanha. Não tinham terçados, mas mesmo assim conseguiram matar Mucura. Apesar de não possuírem terçados como os dos *napë*, eles conseguiram matá-lo.

Chamaram os do grupo dos tucanos Parawari, porque o grupo das Maitacas não conseguiam. Os Araris estavam tendo dificuldades com seus machados de pedra, que se destruíam. Apesar dos machadinhos dos Tokorari, todos sofriam por causa das ferramentas, que se quebravam em pedaços e não entravam na pedra. Chamaram os do grupo Parawari, que viviam agrupados na baixada.

Devido ao que fez o feio ao seu sogro, o bonito Mel, seu genro Parawari disse:

— Vamos! Vão chamar meus pais, que moram com meus avós: eles moram bem perto e têm verdadeiros facões!

— Vai, querido, corra! Vai você! Vai buscar! Vai buscar! — diziam assim.

Eles os buscaram. Eles chegaram e atacaram a montanha. Não queriam destruir o facão deles. Como outros facões haviam sido destruídos, os pedaços das lâminas estavam espalhados no chão. Para poupar esforços inúteis, eles amoleceram a parte interna da montanha, como se fosse uma árvore, com a força do pensamento.

Kraxi! *Kraxi*! *Kraxi*! Depois de amolecer a pedra, derrubaram uma parte. *Kraxi, kraxi, kraxi*! Atacaram logo de todos os lados para fazerem voar lascas de pedra. A montanha era do tamanho de uma sumaúma. Fizeram outro buraco grande, para poderem continuar com a destruição da pedra. O buraco no tronco se aprofundava; fizeram uma espécie de cratera na pedra.

— Vejam essa montanha! — disseram os Parawari.

Conseguiram fazer esse buraco porque os Parawari têm esse bico mais comprido, e que será mais comprido para sempre. Os terçados, sendo mais compridos, começaram a derrubar a montanha. O bico do tucano empoleirado é, na verdade, seu terçado. Ele não nos morde, quando olhamos para ele? *Kraxi, kraxi, kraxi!* Foi nesse momento que começaram a fazer a montanha balançar. Não demorou. *Kru tu tu tu tu tu!* Pedacinhos de pedra voavam e pulavam; os pedaços se espalharam no chão. *Huãaaaaaa!* Eram muitos, e estavam tristes por estragar seus terçados, pois o bico deles é curto. Era isso mesmo: o trabalho começava a ser realizado. *Kru tu tu tu tu!* Continuavam trabalhando.

Só faltava o coração da montanha. Os terçados sendo curtos, esse pedacinho ainda resistia. Apesar de pequeno, o tronco da montanha não quebrou rapidamente.

— *Pei kë! Aaaaaaaaoooooo!* Vamos!

Apesar de o tronco estar quase torado, a montanha não estava se mexendo.

— *Aaaaaëëëë!* Vai você! A ponta da montanha vai nessa direção — disseram a Preguiça.

Queriam que ele puxasse a ponta da montanha, pois a montanha não caía. Preguiça esticou um fio flexível e puxava a montanha. Os terçados dos Parawari, cortando a pedra, não atingiam o núcleo.

Preguiça esticou uma espécie de fio. Ele nem pensou: — Essa montanha vai me machucar! — Ele não tem costume de ficar com medo. Com o fio, parecido com linha de pesca, ele puxou o cume da montanha. Não havia nada para conter a pedra. Preguiça estava sozinho, sem apoio, mas também sem medo. *Ku tu tu tu tu tuuuuuuu!* A pedra começou a estourar, fazendo um barulho enorme; parecia cair um pedaço grande de céu.

Mucura estava preocupado e chorava, olhando para baixo com lágrimas escorrendo. Ele estava desesperado.

Tuuuuuuuuuuuu, tẽẽẽrërërërë! Preguiça caiu mais à frente, para não acabar embaixo da pedra, que caía. *Ãaa-aaaa!* O fio o impulsionou e ele foi cair bem longe, ele se engatou lá longe com suas garras. A pedra, quebrando e levando árvores, não alcançou a árvore onde Preguiça se agarrou; se ficasse pendurado mais perto, ele se machucaria.

Eles destruíram Mucura.

Todos os animais, as araras, os tucanos, os urus, os inambus, os mutuns, os jacus, os urumutuns, os mutuns-de-traseiro-vermelho e os jacamins eram gente.

Todos juntos, pegaram aquele que foi destruído.

Chegaram até o sangue de Mucura derramado no chão para se pintarem. As pequenas maitacas amarelas se pintaram com seu sangue cinzento. Todos os passarinhos são diferentes: uns são vermelhos, outros cinzentos, outros têm pálpebras cinzentas. As cores dos pássaros vêm daquele momento, quando se transformaram em animais, naquele mesmo lugar, com o sangue derramado. Transformaram-se onde havia o sangue derramado.

Aqueles que foram destruir Mucura não voltaram para seus *xapono*, onde havia roças. Não voltaram para recuperá-las. De tanto se pintarem com o sangue derramado, ele acabou e, depois de terminarem, logo voaram. Logo se transformaram. Eles ocuparam a floresta toda, não restou nenhum espaço.

Outros pintaram de preto o seu peito, passavam um pouco de sangue na garganta, outros pintaram as pálpebras, outros, os cabelos, outros pintaram o cume da cabeça; outros se pintaram de cor cinzenta, derramaram os miolos e os excrementos com os quais se pintaram. Assim fizeram.

Preguiça, que puxou a pedra, passou no seu corpo os excrementos, por isso ele tem cor cinzenta, é a cor dos excrementos de Mucura. Ele também passou sangue na bunda, levemente.

Assim, depois de esgotarem o sangue de Mucura, eles logo voaram, e todos sumiram.

Termina assim essa história, porque eles voaram, se transformaram e partiram. Onde aconteceu essa história, outra segue. Contamos o que aconteceu a Preguiça e Mucura, cujo esconderijo foi derrubado.

A região onde eles moravam tem um nome. Aquele homem bonito, que foi morto, morava à frente da serra Moyenapïwei. Ele nasceu, morava à frente da serra Moyenapïwei. Essa serra se chamava Moyena. Ao pé dessa serra, Mel abriu roças. Por isso, se chamaram assim, pois ocupavam a região desse nome.

Apesar de ser uma serra, chamava-se assim. Tinha esse nome, pois era uma região bonita; quando as palmeiras *moyena* floresciam, as exalações tomavam toda a floresta. Ainda existe o perfume onde ficava sua moradia, e seus descendentes ainda moram lá. Chamam-se Moyenapïweiteri. Ficaram morando lá, pois os antepassados se chamavam assim.

Nessa região central, morava também Jacaré. Jacaré morava nessa região central, onde Mucura matou Mel.

Naroriwë

Ihi të pë rë kuaanowei, hei pata a yai rë kui a urihi rë wëyënowei, urihi a rë kui, urihi kamiyë pëma ki rë përiaiwei a rë wëyënowei, pata përiami yai, përiami a rë kuonowei, Këpropë ki urihi mi amo hami he tore ha a kuoma. Pei a wãha rë kui, pata yai, pata pë rë përiai rë hira hëriiwei, pë rë përianowei, a wãha urihi, a wãha kua.

Urihi a rë kui, a rë hëreamonowei, kawãa të rë takenowei, kawaamou pëma të tapë kurenaha, a hirapë, a rë wëkenowei, hapa Yanomami të pëni hërea a pou maopehe tëhë, a pou mao ma makuhei, a patamoa rë notirayonowei, ĩhini pata urihi a rë hipënowei, weti naha a wãha kuoma? A wãha kua: Yanomami të pë hërea rë hipëkenowei Koparikesi wãha kuoma.

Hapa Koparisi yai përikema, përiami yai, ĩhini të pë kãi notikema. Pata të pë rë pakakumanowei, të pë wãisiapi rë hëprarionowei, ĩhi Koparisini të pë kãi përikema. Hei Koparisi rë kui hei a përia, hei Koparisi, hei heri e rë kui përiami Wãhaawëteri e kuoma. Ihi a wãha rii kuoma përiami.

Pe heri xo ki rë hëpiprarionowei, kama urihi Wãha rë yukenowei Wãhaawë a wãha kuoma. Pëma ki no patama rë përiamaiwei a urihi rë hipënowei, hapa pata ki yai. Kamiyë yama ki no patapi yai, hei kamiyë yama ki no patapi iha a urihi rë hipëke hërinowei, Wãhaawë a wãha kuoma. Hei ipa huya pë rë kurenaha pë kãi rë përionowei, kama Wãhaawëteri e pë wãha kuoma.

Hei kama Kopari, Hoari xo ki rii përipioma. Hoariwë a wãha kuoma. Yanomami të pë horai rë hiranowei ĩha a kuoma.

Urihi a hami Yanomami të pë përiai mao tëhë, hei pë përioma, hei, hei, hei. Inaha pë kuoma. Hei Koparisi yahipi, hei kee xapono. Koparisini Porena u koama. Porena u ha xaponopi praoma. Ihi u koama. Ki rë përipionowei u wãha. Ihi u yaruama. Porena urihi, kama urihipi Porena a wãha rë kuonowei a yupoma. Iha pë përioma, ĩhi u ha, hei pe heri pei a urihi yai rë huwëponowei, mi amo yai hami.

Yanomami të pë horayopë, ĩnaha të mori kuaanomi makui, hei ya wãha yuprarema. Hoarini, Koparisini a kãi rë përikenowei, wãritiwë pëma të wãha rë hiripouwei.

Hapa totihi të mixiã rë wapanowei, ĩhi të wãti yaia, ei kipini të ha hirakini, a hirai, a hiraa xoakema, ĩhini. Të xi wãrihiwë rë taiwehei, të xi wãrihiwë xomi rë taiwehei, hei Hoarini të yai tama, hiri a yai rë pore.

Ihi iha të ki tai ha tararini, hei wãriti të rë hiranowei, ai a horai xoaoma, Yamonamowãro a rë horanowei, a rë wapanowei, wãriti tëni a wapama, hapa, ai xëprai kuo mao tëhë, ai të nomaikuo mao tëhë.

Pata Hoari a wãha rë kuonowei, pata Nokahorateri a wãha yai rë yukenowehei, Nokahorateri pë kuprou xoarayoma.

Ihi tëni a horai xoaoma, ĩhi iha e ki nakarema. E yuai xoarema, e mo ko wai ha huyetirëni e wapai xoaoma. Wãriti tëni a rë horanowei të rii. Hei kamiyë yama ki no patama rë kui mai! Ai rii. Ai të rii.

Ihi katehe a rë përikenowei, përiami a kuoma, Yamonamowãro. A no xi hiraarema. Hei kamiyë kurenaha mai, mi amo hami amoamo a yai kuoma. A rĩ yai kẽterio totihioma, wa henaki hiprio, wa hiprio, wa hui ha, wa rĩ warou rë kurenaha, a rĩ kuoma. Pei henaki rĩ, kuwë yaro, ĩha suwë Yanomami të pë ha riëhëapraheni, ĩnaha të pë napë kõo kuo puhiohe yaro. Ihi iha Yanomamo wãro iha të pë hirakemahe. Hirano të taprapë.

Suwë kipi waropikema, a ha tapirarini. Ihi a rë hikarimore ha, ĩha ki rë ropiawei, kama ki kupiopë ha, a kuaai yaro. Të pë hikarimou hirai ha, hikari a tama. Ihi kama ki xaponopi prapiopë ha, ki ropiopë ha, kipikororoa xoakema. A tapirarema. A mipima.

— Kurahë wãro a riëhëwë rë totihi!

Kipi puhi kupitarioma, henaki si yai ëpëhëoma, ĩhi pei henaki rĩ ha. Hĩa! Ki puhi kupii xoaoma, urihi a rĩ pata kẽteri haikiwë ha, a rĩ hirakaama.

Inaha a rĩ kuwë ha, kama a rĩ kuwëmi makui.

Naroriwë a rĩ kuwëmi makui, a ha huxutaruni, suwë ki no wayuawë kõpei yaro, ki no xi harirapiwë totihiwë ha, a huxutarioma. Të pë huxutou hirai ha, a nohi ohotatanomi, wãriti të pë makui Yanomami totihitawë të pë xëpehe, huxuo hirai ha. A napë rë rurupikenowei të rii.

Suwë kipi pëpitario ha, hei a rë kurenaha wãriti të rëpraoma. Të praopë ha, suwë kipi hapia katitirayoma. *Xiri! Kuxuha! Krihi!* Mamiki të marë tamaiwei, ĩhi të ha krihimoni, suwë kipi mamo xatiprakema.

Të rë wãritii, të kãi xomi kea nokarayoma. Kama ihami kipimi makui, mohoti katehe a yai ihami kipi kõpioma kure ha.

— Kamiyë iha ki kõpioma, ipa suwë rë ki pëpitario ë, ya ki no xi hirapiai!

A puhi xomi ha kuni, a rĩ hĩtari makui, a kãi krĩhipi, a kãi warapisi makui, a kuaama, a huxutou puhio yaro, suwë kipi hãkikopima, ĩhi naha kipi kupiai ha, e kea nokarayoma.

— Hëyëmɨ, hei kë ya! — e xomi kupɨma, kama ihamɨ mi makui, a nohi rë yaipɨpore pëkɨ no aihiwë yawëtëtao horayoma, yïi e kɨ kasi kɨ ïyë wakë xurixurimoma, kuopë hamɨ:

— Kihi yai, kihi pëkɨ yai! — e kɨ kupɨi kãi upraoma.

Kuɨ tëhë, e xomi wãyamoma, wãyamou taomi makui, e xomi wãyamou kãi kepɨrayoma:

— *Ae, ae, ae*, napemi, hei nii ipa ya, ya e kɨ, kɨ rë ma, makepo, pore a wa yãhi ha yurɨnɨ, hei ipa suwë kɨ, kɨ rë kõpɨpohe ha yãhi ta hipëaɨ ayaonɨ a — Kama ihamɨ mi makui a xomi kuma.

Kama posi moko kero, kero. Ɨnaha të kuɨ ha, kɨpɨ mamo ha axëpraikunɨ pei të rĩ ha kɨ rupɨrayo hërɨma, kɨpɨ mamo ha axëpɨpraikunɨ:

— *Kuxu!* — kahi u këxëiprao hërɨma. — *Kuxu!* — kɨ kupɨ hërɨm.,

Kɨ yaxupɨrema, kihi Yamonamowãro pëkɨ hamɨ kɨpɨ katitipɨke herayoma. Kama e nahi yawëtëa yaro, kɨ ha ukupɨi kuhurunɨ kɨ yakapɨpari hirayoma. Kama a rë kuɨ a kõpema.

— *Hɨɨɨ!* — a puhi kutarioma. — Exi wahë të tai? Ɨnaha kuwë të kɨ kupɨonomi! Weti ihamɨ wahë kɨ huimaɨ kuhe?

— Kahë ihamɨ! Kahë pë napë kõo. Pë tararema yaro, a ta hapo!

A hurihipɨa mɨ parema. Pei kɨpɨ parɨkɨ ha a makepɨpoma. Pei a rĩ ha a mɨ hetutupɨrema. Kuaaɨ ha, wãriti të rë wayamore, të no preaama, a ĩkɨma.

A mohe poarioma, moo pë pata makui kama a rĩ hĩtari hamɨ, a kãi motepɨoma, mamo kasi pë motepɨmou haikioma. Kuwë yaro a huxutarioma, rope a hurayo hërɨma, a no yai rë hërɨpɨ hiraɨwei a ahetea yaro, a rërëa xoakema, a pehi yuaɨ ha, e rope ha nakarënɨ a ha rërëikunɨ:

— Pei, hërɨ a ta hio! Ya ta wapa, kamiyënɨ! Suwë kɨ hore kõpɨpohe ya kɨ a no ta prepɨmapo! Ware ã no prepɨma kɨhë! Peheti re ya wã! Hei kuikë rë ya wapaɨ xoao! Ãtahu kɨ ta hio! — e kuma.

Si ihehewë a wã kãi hupɨrema.

— Pei, kutaenɨ ipa a ta yurë! Hei anɨ, a ta wapa! A ta wapa! Wapëpraa! Weti kë? e kɨ kupɨma.

— Weti mai! Wahë a nohi taɨ waikire! Yamonamowãro! Wahë pë xami taɨ waikire! Yamonamowãro pë wãha xami rë kure!

Kama a kuhupɨmi makui të kuma, a maxixipɨ yaro mohekɨ wãritiwë makui, a kuma. Hei pei he rë kui ha, pëma kɨ henakɨ rë kurenaha henakɨ kuwëmi makui, he tapramou wãritiwë makui, a kuma, hũxipë kãi wãritiwë makui, a kuma, mamo xatio kãi wãritiwë he parohowë makui, a kuma.

— Peheti rë kë?

— Awei, peheti hei kuikë ya wapaɨ!

— Wã haɨ yaio, pei yurë hërɨ!

E ha kõponɨ a xurukou xoa peheroma.

Naroriwë nɨɨpɨ e ã hama, pë nɨɨnɨ a hore wasima:

— Xei! Exi të ha wa xurukou kure? Kuo pëtao! Kuo pëtao! — e hore kuma — Mihamɨ, xei, exi wa të taɨ? Exi wa të taaprarɨ ayaa kure? Mihamɨ! A hurɨhë, a huɨ ta yanɨkɨ taru! — e hore kuma — A hua kõrɨhë. Kama të pë hesiopɨ! Kama të pë! Kamiyë ihamɨ të pë tao puhi kuɨ ayao tihë! — e kuma, pë nɨɨ — E kɨpɨ hũkakɨ kahuaɨ ha! — e kuma.

Praha makui a rĩ warou yaro.

— Ɨhi exi të ha mai! Ma! Ya huɨ!

Kihi a rë kayapamo rahari ha, kiha a haɨpraɨ puhiopë yaro. A haɨprapë! E rërëkema. E hua xoarayo hërɨma, kayapa hi kɨ hõra pë ramapou tëhë. *Kou! Kou! Kou! Kou!*

— *Ãaaaaaõoooo! Aë, aë, aë, aëëëëëëëëëë!* Katehe e a karëtoma. Të kɨ wayu wapaɨ ha, reha a wapama.

Ãroko hi pë hamɨ reha pë marë sutiowei, reha pë marë tuo xɨroaɨwei, ĩhɨ a ha ukuikunɨ, a hõra përao tëhë.

Ãroko hi pata rë upraawei iha:

— *Tararararararara!* — reha e kupe hërɨma.

— *Kuxu! Kuxu! Kuxu!* Ya wapaɨ ta yaio kë. Ya hamiwë ta wapaxo! — e kuma. Ɨhɨ reha rë a horaɨ parɨoma. A horama. Ɨhɨ rehanɨ:

— *Paha! Hitɨtɨ anɨ! Paha! Paiii!*

Õramisi yoamarema. Ɨhɨ re e uno. Ɨhɨ rë õramisi rë tɨhɨyëprarenowei hamɨ, ĩhɨ rë pë õramisi kuprawë, a yuo mɨma. Ɨhɨnɨ e kɨ hamianomi. E kɨ okearema. Ãroko hi rë kui, e ko hi henakɨ porepɨ kea tahiarayoma. Ɨhɨ kama reha a rë kui a rë horaɨwei e torere pe hërɨma. E nomaɨ makui, e kenomi. Ɨha kama rë a harorayoma.

— A no huxuaɨ tikooma ta yaitanɨ — e matarioma, reha. Yai ha e kua yaro. Ɨhɨ a ha taakɨnɨ, õramisi ha yoa-marënɨ, katehe a yai hikarimopë ha e ukua piyëkema. E kɨ no horawëapraɨ rë mai! Mixiã tiremaɨ rë mai.

A rerekeaprarou tëhë, *Paha! Paha!* Ɨha rë e rë yutu-prore, hei reha a rë horare, e ã hama. Ɨha rë hei rë e rë kui a rë horaɨwei a hamirayou yaro, e he tiherikema.

— Pei, a ta moyawëiku! Ware a hore horahe! Naro a rĩ wãriti rë hĩtariweinɨ, ware a hore wapaɨ parɨohe, miha kahë a ta moyawëiku! Kahë wa napë hore huimahe — e kuma.

— *Hĩɨɨ!* Ya yuo mai kë të! Wãriti anɨ ware a waɨ mai kë të! — Yamonamowãro e kuma.

A wãti kua ma waikirayoi ha.

— A wã no hore huxuoma ta yai tanɨ ɨɨɨ!

A kuu tëhë, a rerekeaprarou tëhë, hãyokoma a tuyë taɨ tëhë: *Paha! Paha! Paha!*

A ɨnaharë, ɨnaha e kɨ horaa takema, wa no no tetepɨ ma rë mai, ɨhɨ naxomi të kɨnɨ.

Të pë no tetemaɨ tao marë mahei, iha e xi wãrihiprou xoarayoma, wãrihiprarunɨ, e porepɨ kerayoma, a ha kerɨnɨ: Sarai! Hesiopɨ kɨpɨ ihamɨ, iha rë a keheropë, a no tetenomi, ĩhɨ e ha kõtaponɨ:

— Pei! Hĩa ya rë saihia tikorɨhe ë, ya rë saihirɨhe ë! — e kuuroma, porepɨ. — Kaiyë wakë ta yëpɨpa xë ĩɨ — e kuma.

A mai waikia hërɨa yaro. A hore huripɨɨ mɨ paa, huripɨɨ tëhë e kepɨrayoma.

Ɨhɨ Yanomami të pë ĩkɨɨ hirai ha, e kĩɨkɨpɨma, kĩɨkɨpɨ xoaoma, puhi wayuyopɨma yaro, puhi mɨrapɨɨ yaro, kɨ hãkɨkɨpɨaprou, kɨ mɨa kãi ɨpɨhɨpɨaprarou, hẽaropɨ a nomawë përɨopë hamɨ, kɨ tikukupɨaprarou, kɨ tirurupɨaprarou, ĩha wãriti e të xomi nikeropɨma, a ma horanowei e xomi ĩkɨma, e xomi kiriri ĩkɨma, e ã piyëkoma:

— Õasiwë të pata yaio! Xëtëwë të pata yaio! Xëtëwë a pata xamia përaru haikë! Asi yai! Ipa e pata pëpɨtou ta kõro! — a xomi uhuti kuma.

E kuɨ tëhë kihamɨ e kɨpɨ rurayoma, të ã hiripɨɨ puhiomi yaro. Ɨhamɨ e xomi tiporepɨa ha kõrɨnɨ, kihamɨ e xomi kuaaɨ kõoi mai tëhë, kɨ rupɨa kõrayoma kihamɨ kɨ rii ĩkɨpɨma, inaha kɨ kupɨama, kɨ huxupɨtarioma yaro, a ĩkɨɨ makui, mapuu kɨ kãi hanomi, xomi kuu pëoma, a xomi ĩkɨɨ pëoma.

Kuo tëhë, e ha kuokuopo hërɨnɨ, hesiopɨ kɨpɨnɨ a yapɨpema, yaaɨ tëhë, wãriti të rë kuɨ a hãtoprario hërɨma, a no tokupɨma marë! A xomi hãtoprario hërɨma.

A ha tokurɨnɨ, Yanomami të pë xëprai hiraihe ha, të pë mayo nosi pou hiraihe ha, të pë nosi yaupraa xoakema.

— Mayo taeiwei, mayo taeiwei, taeiwei! — kuaaɨ xoatarioma. Mayo nosi hikepou xoatariomahe — Ɨhɨ rë a wãritinɨ a xamimararei kuhe. A wãriti kua marë mai, a

wãriti hore ma rë tokurɨhe. — Pei! Kama rë ã! — a noã
taɨ xoaomahe. — Pë unokãi përɨkei ha yamuku! Ɨhɨ pëma
a no payeri tapraɨ xoao. Kamiyë pëma kɨ përɨamɨpɨ hore
xëprarɨhe! — të pë kuma.

A nosi yure hërɨmahe, a nosi ha yurë hërɨhenɨ, ĩha a
napë kõkaprouhe, tokonari pënɨ, xĩrianari pënɨ, mamisi-
preimari pënɨ, koyeri pë kãi, pë kuaama. Kiritari pë kãi
pë nosi yauama.

Ɨhɨ pei mayo nosi yai rë hikepore, hiima kurenaha hũka
kɨ yakëɨ rë mai!, Resimaretawë a nakaremahe. Resimari-
tawë a hayuremahe, mayo nosi katitipraimihe yaro.

Maa ma pë hamɨ, maa ma pë kurenaha, maharixitoma
pë rë kure hamɨ, mayo tokua waikirayou yaro. Hei a rë
xëprare, kihamɨ mayo rë tɨhɨyëmatiiiiii, wawëri pë pata
ha mayo tokurayoma. A rë tokurɨhe, kihi ai të pë rë
heniyomo pohori. Maupuuwei u rë papohori naha, kihi
Naroriwë a hitëo kupohori, pei makɨ pata ha, a heakaprou
piyërayoma.

A tokuu puhiopë yaro. Hii hi ha Naroriwë a tua piyë-
kema. Ɨnaha komorekomore ãroko hi kurenaha ĩhɨ pei
makɨ pata komore xatiopë ha, a rukërayo tayoma. A he
ruketayoma. Pei makɨ tuyëmapë. Ãroko hi yai hamɨ,
Naroriwë a rukënomi. Ɨhɨ kɨ ha, a he rĩya ha ruonɨ, a
rukërayoma.

Unokãi hixehixemou xoaoma. A mikema. Unokãi. A
mɨprou yaro, a xëprarema yaro. Të pë unokãimou hiraɨ
ha, a unokãimoma. Ɨha a mitaoma.

Ɨha Resimaritawëni, kama mananaepɨ hamɨ, mayo nosi
rë hikepouwei yɨmɨka takema.

— Hëyëha! — e puhi kuma, e yɨmɨka takema, a mita-
kema.

Kana ã hãkipoma, ai ã huuporanɨ. Õoooo, õooo, õooo!
E mixiã kɨ kãi horeheoma, e yɨmɨka takema.

40

— *Õooo, õooo, õooo!* Yamonamowãro! Yamonamowãro! Wa të oarei kuhe, ĩnaha pë rĩya tapraɨ kuhe! — e hũhũrua kuma, pei e hũhũrua makui, a noka hekaɨ ha. — Ma rë kui! — Ɨnaha pë rĩya tapraɨ ɨɨɨ, Yamonamowãro ĩnaha pë rĩya tapraɨ ɨɨɨ!

Hũhũrua kuma, kuɨ ha hĩri tarënɨ, e rarɨa xoarayoma ĩha, e kirirarioma pei a wãha, e rarɨa xoarayoma.

— *Hĩaaaaaaaaaaëë, aaaaaaëë*, hëyëha Naro a rĩ wãti rë hĩtariwei hëyëha wãriti a wãti makui ware a no ka hore rë heka yahi aaaaaë! — e kuma — Hei yahi a rë kupe, ĩhɨ kihi rë të ma pata koro kumopë ha, wa të no tupraaɨ haɨo taopɨ rë mai!

Ɨhɨ pei rë ma pë nanoka rë kuinapë pënɨ ma pë ha karomaɨhe ha, të pë ãtahu nanoka pata rë taamaɨwehei naha, makɨ nanoka pata taamamahe, pë siparapɨ kua ma mai rë, a xëpraɨ he yatirayomahe. Ɨhɨ të rë kui, a ha xëprarɨhenɨ, a rë xëprarenowehei, napë pë mi makui, pë siparapɨ rë kure.

Parawari pë ha nakarehenɨ, ãrimari pë no preaaɨ yaro, arari pë makui pë siparapɨ yahekioprou no preaoma yaro, pë poopɨ yahatomou no preoma, pokorari pë makui hapa të pë waɨ tipuramaɨ no preomahe, rukëimi ha, pë nakaremahe. Parawari pënɨ, pë rë hiraawei, pë hiraa rë pepiawei, pë nakaremahe.

Ɨhɨ hei wãriti tënɨ, katehe Yamonamowãro iha a sioha rë kuaawei, ĩhɨ e ã harayomahe:

— Pei! Hei wama kɨ rë kui, hayë pë yai ta nakatarɨhe, xoayë pë yai rë hirare, miha hayë pë yai hiraa kupe, hëyëha, ahete ha pë hiraa kupe, ĩhɨ rë pë siparapɨ yai kua kure — e kumahe.

— Pei! Pei! Pei! Oxei, rërëiku, ĩhɨ kahë rë wa! Pë ta kõa! Pë ta kõaxë! — e pë kuma, a noã tamahe: sioha ai hei, tëëpɨ yupoma:

41

Pë kõremahe. Kõreheni, pë ha waroikuni, ïhi pëni e ma ki napë kea xoakemahe. Kama pë puhini, pë siparapi wãriao puhiomi yaro, pë no preaai maopë, ïhi ai pë siparapi rë wãriaonowei, të pë hemata no wai preprawë ha, kama pë puhini, ma ki huxomi pata ëpëhëprare hërimahe, hii hi kurenaha, kama pë puhini, maki huxomi pata ha ëpëhëpramariheni, të ki no pata tuyëwëapranomihe.

— *Kraxi, kraxi, kraxi* — të ki atahu pata yutuhamai piyëkopehe, e maki napë pata kea mi hetutua xoakemahe. Ïhi wãrimahi pë pata rë kurenaha, të maki pata rii kuwë, kihi kë të ki posika pata yawakai haitao huimati, të ki posika pata yawëtou kuimati, hawë makayo ki ka pata taamamahe.

— Ki mamo no ta yërehe — e pë kumahe Parawari.

Ïhi të pë husi ma rë tirehetai, ïhi kama xoati pë siparapi hĩiprawë, sipara rë pëni, ïhirë pëni pehi rë tuyënowehei, pë siparapi hĩihiwë.

Hei kamiyë pëma ki yaro, Yanomami pëma ki mamo yëo tëhë, mayẽpi a pao ha, pei pëma pë husi wãha rë hirai, sipara e pë, sipara rë a kepou kure. Wa si wërema, wa si nohi no tapi rë mai! Të pë nohi ma rë kure. Kraxi, kraxi, kraxi! — ïhi hei rë të rë kutaruhe naha, të pehi wëkëama hërimahe. No tetenomihe. *Kru tu tu tu tu tu!* Të ki ãtahu pata xirikamai piyëkomahe, të ki pata rë tihatomouwei heinaha kuwë, të ki ãtahu pata ĩtatarayo hërima. *Hũaaaaaaa!* Hei siparapi wãriaopë teri të pë husi onohowë no rë preprai, kihi të ki mi pata puruwë.

— Inaha kë yai ë, ki wã kãi rë haima piyehei ë — e pë kuma. — *Kru tu tu tu tu!* të pë pata kutaama. Ĩsitoripi heinaha kuwë të amo hõro wai tikëa hërima, pë siparapi hawëi he yatioma, hei të waini të ki pata huwëpoma. Kuwë makui, këprou haitaonomi, kurenaha rë të pata:

— *Pei kë! Aaaaaaaaoooooo!*

Pei të kɨ koro pata reiwë totihiwë rë a makui! Të kɨ pata hãweteo rë mai kë!

— *Aaaaaëëëë*, e pë kuma. — Pei kë kahë wanɨ, kihamɨ të pata ora këɨ kuaa hërɨpë!

Ihamariwë a noã tamahe. Ei të kɨ ora pata ɨpɨamaɨ puhimahe, të pata hãweteproimi ha, të pata këɨ haɨami ha, ɨ̃hɨ hei rë të kɨ ha yõriyõri rë a rë taare, a rë ututuare anɨ, Ihamariwëni të kɨ ora pata ɨpɨretayoma. Pë siparapɨ hawëa he yatirayoma. Kihi të kɨ pata ma rë tuyëɨ hërakɨrɨhei, kiha e të kɨ ora pata ututuretayoma. Ihamariwëni:

— Ware a xëprari! — të kuɨ ha maonɨ, të pë kirihou marë mai!

Ɨ̃hɨni kɨ yai ɨpɨrema. Kama yõriyõri enɨ, ihiya masita rë kurenaha, e të no owawëmi makui kɨ ora pata ɨpɨre kirioma, xɨ̃roxɨ̃ro të ha yami yaiikutunɨ, xi kãi ha kirirɨni mai! *Ku tu tu tu tu tuuuuuuuuuuuu!* Hawë kihi të parɨkɨ pata ketayou të kɨ pata tëreremotayoma të kɨ pata kë hërɨɨ yaro.

Naroriwë a mɨa no preoma, a ĩkɨma, mapuu kɨ kãi kei mɨ tëapraroma, a puhi õkii yaro.

— *Tuuuuuuuuu, tẽẽẽrererere!*

Kihi Ihamariwë pehi rë yokëɨ nokarakiri, hëyëmɨ të keo maopë.

— *Ã̃aaaa!* — A pehi rë yokëɨwei, kihamɨ të no preaaɨ a pehi keo *kurakiriiiiiiiiiiiii*, a yaupraye kirioma, pei imisini, të wãti yaupraye kirioma, kuprao tëhë, pei e makɨ pata rë këre, ai te hi kɨ pata rë hayuyare, e te hi kɨ hawërayoma, ahehe hamɨ moi pei a rë yaukenowei kirionowei, a xëkei.

Ɨ̃hɨ tëhë a rë wãriarɨhahei.

Ɨ̃hɨ hei yarori pënɨ, ara pënɨ, mayẽpɨ pënɨ, pokorari pënɨ, hororomɨ pënɨ, paruri pënɨ, kuremɨ pënɨ, katara pënɨ, katauri pënɨ, yãpi pënɨ, Yanomamɨ kurenaha të pë kuoma yaro, hei kurenaha a nohi warokemahe yaro. Ɨ̃hɨ rë ĩyë pë rë hɨprɨarahei të pë warokema. Ɨhɨ rë ĩyë pë wai praaɨ rë marahei, ĩyë pë napë warokemahe. Ãrima pë wai makui, të pë wai rë hãrei, axiaxi ĩyë pë wai rë hɨprɨanowehei ĩhɨ rë të pë. Kiritamɨ pë makui të pë yaitawë, ai të pë he wakë, ai të pë he axi, pë mamokasi kɨ kãi axi, ɨnaha pë rë kure, ĩyë pë hɨprɨamahe, të pë rë kuonowei hamɨ, ĩha rë pë xi wãrihopë ĩyë pë hɨprɨaɨ kurahei, ai kihi pë rë itorɨhe hamɨ, pë hãtopɨ nahi mɨonomi. Ɨharë.

Ai pë kõa mɨ ha yaparɨni, pë ni kuopë ha, pë haropë mai! Ɨhɨ hei rë ĩëpë rë yãarahei, hɨprɨarahei, haikorahei, ĩha rë pë ha waikiprarunɨ, pë yëo xoaokema. Pë xi wã-rihiprou xoarayoma. Urihi a haikia xoaremahe. Urihi a hëprou rë mai!

Ai të pë parɨkɨ ĩxi yahetiataroma. Të pë õramisi hãhɨa-taroma, mamo kasi kɨ hɨprɨataroma, të pë henakɨ kãi hɨ-prɨataroma, ai të pë yaro he marë rohorei, pei hẽoxipë wai hɨprɨamahe, pei xĩhipë makui, xĩhipë kãi hɨprɨa haiki-aremahe, xĩhi pë praonomi, ĩnaha të tamahe.

Pei makɨ ɨpɨarewëni xĩhipë hɨprɨama, ĩhɨ ũ kɨ marë rohorei, ĩhɨ pei rë xĩhipë, pei hẽoxipë hɨprɨamahei, pei kõhesi ha, ĩyëĩyë e të wai hɨrɨkɨkema.

Kuwë yaro ĩha ĩyë pë rë waikarahei, pë yëokema. Pë marayoma. Ɨhɨ të rë kui, të maprarioma, ĩha kama pë rii huokema yaro. Ɨha kama pë xi rii wãrihiprarioma yaro, pë rë huoi kuhe, ĩhɨ tëhë të wãisipɨ maxi rii hamɨ, ai të rii kua notia, ai. Ai të ã. Ei të rë kui, të rë tanowehei, të ã kuprarioma. Ihamariwë. Naroriwë pehi rë tuyënowehei të ã.

Ɨhɨ rë te he rii tikëa kure. Ɨhɨ rë a urihi ha, urihi a wãha pei pë rë përɨonowei a wãha. A wãha kãi kua. A wãha urihi rë taponowehei. Pëma kɨ urihipɨ wãha marë kuprai kurenaha a wãha kuopë ha, të pë përɨhioma. Ɨhɨ kama katehe a rë xënowei, ĩhɨ Moyenapɨwei a parɨkɨ ha, a përioma. Katehe a yai rë takenowei, Moyenapiwei a parikɨ ha a përioma. Ɨhɨ Moyena pei e makɨ wãha kuoma. Ɨhɨ kɨ të pëpoma, Yamonamowãronɨ. Ɨhɨ kama pënɨ, kamanɨ Moyenapɨwei të wãha yupomahe. Moyena a urihi poma.

Hehu makui ĩhɨ Moyenapɨwei e kɨ kuoma. Katehe a urihi yaro a tapoma. Ɨhɨ naxomi a himo rarou tëhë, urihi a rĩ pata hirakaatima. A rĩ pata hirakaa xoaa, kama a përio no kuopë ha. Ɨha kama a no hekama përɨa xoaa, Moyenapɨweiteri pë wãha rii kua. Ɨha Moyenapɨwei teri pë përɨa hëa, kama pë wãha kuoma yaro, pata pë wãha kuoma yaro.

Ɨhɨ të mɨ amo ha, te he tikë ha, hëyëha Iwariwë a rii përɨoma. Ɨhɨ Yamonamowãro a xamiano rë kure ha a urihi mɨ amo ha he tikë ha a rii përɨoma.

A transformação dos quatis

OS ANIMAIS moravam em *xapono*; os quatis, as cutias e as antas, as queixadas, os cuatás, os beija-flores, os passarinhos moravam em grupos como nós.

Naquela época, a mesma transformação ocorreu com todos esses animais, exceto o caititu. Ele não andava como nós; não morava como nós, ele sempre andou como ele ainda anda hoje. É um animal, e sempre foi. Sempre andou como animal, assim como os cuxiús, os inambus, as cutias vermelhas, os veados roxos.

Havia cinco espécies de animais.

Já existiam todos os animais que há hoje na floresta? Não, somente esses. Os jabutis não existiam, não andavam, não existiam como animais e nem como gente. Nem os tatus-galinha.

Vocês comem o quati, apesar de ele ser Yanomami. Os Yanomami se transformaram em quatis. Tornaram-se animais no tempo de Horonami.

Como eram Waika, eles se transformaram. Eram os ancestrais dos Waika.[1] Quando saíram de *wayumɨ*, todos se transformaram.[2]

— Querido! Meu nariz se rasgou!

— Meu nariz se rasgou assim também!

— *Õãaa*! *Xiri*! Meu nariz arrebitou!

Foi assim com todas as crianças.

— *Õãaa*! *Xiri*! Avô! Meu nariz também arrebitou!

— *Õãa*! *Xiri*! — disseram todas as crianças ao avô delas.

Transformaram-se enquanto estavam de *wayumɨ*. Os ancestrais Waika se metamorfosearam. São os primeiros moradores; eles se transformaram. Ocuparam toda a floresta. Não sobrou nenhum *xapono* em torno do qual não vivam quatis.

Esse rio grande, rio abaixo, do qual vocês comem muitos peixes, na sua parte média, apesar de ser rio abaixo, dá para avistar a pelagem muito vermelha dos quatis. Eles andam por lá.

— *Fɨfɨfɨ*! — eles dizem.

Os quatis são Waika. Foram os antepassados dos Waika, que se transformaram indo de *wayumɨ*. O nariz quebrou e se arrebitou. Transformaram-se no meio da

---

1. O par *waika/ xamatari* parece ter sido usado originalmente para designar outros grupos yanomami vivendo em região geográfica diversa de quem fala, os primeiros ao norte e oeste, e os segundos ao sul, reconhecendo-se neles conjuntos de características que os particularizam. Os termos foram atribuídos em diferentes momentos pelos brancos para designar grupos específicos de forma estável e, no caso de *xamatari*, para designar a própria língua do tronco yanomami usada pelos Parahiteri que fizeram este livro.

2. *Wayumɨ.* são longas estadias coletivas na floresta. Em geral são motivadas pela falta de comida no *xapono*. A comunidade pode se dividir em vários grupos quando se trata de um *xapono* populoso, e se desloca num vasto círculo, fazendo acampamentos sucessivos.

floresta. Nunca mais voltaram a morar em *xapono*. Eles se transformaram. A imagem deles se alastrou por toda a floresta, como também a imagem dos jabutis.

Të pë rë yaruxeprarionowei

Yarori pë rë kui, hei yaro pë hirapramoma, yaruxe, tomɨ, xama, Yanomamɨ kurenaha të pë rë hiraonowei, warë, paxo, të pë rë hiraonowei, tẽxo, kiritamɨ pë kãi hiraoma, hei kurenaha.

Ihɨ tëhë kama të rë wãrihore, poxe pë rë kui, Yanomamɨ të pë rë kurenaha a huɨ taonomi, a përɨaɨ taonomi, kama xoati a huɨ rë xoaonowei. Poxe yaro kë a rë hunowei ĩhɨ a wai mahu a xĩro huma. Poxe, wɨxa, hõrama, xĩhɨna, prẽari.

Ai, ai, ai, ai, ai, ĩnaha të pë huɨ kutaoma. Hei kurenaha urihi a hɨtɨtɨoma, yaro pënɨ? Ma, hei të pë xĩro kuoma. Totori pë kãi kuonomi, pë kãi huɨ taonomi, totori Yanomamɨ pë kuonomi, opo pë kãi hunomi.

Hei yaruxe, Yanomamɨ a makui wama a waɨ, ei të pë rë kui Horonamɨ a kuo tëhë, pë xi wãrihoma.

Yanomamɨ të pë yaruxeprarioma, Waika kë pë. Kama Waika pë wãha kuoma, Yanomamɨ. Yaruxe pë rë kui Waika pata pë përɨoma. Waika pata të pë hiraoma. Ihɨ Waika pë rë hiraonowei, ĩhɨ kama Waika rë pë rii yaro pë xi wãrihoma. Ihɨ rë pëma pë Waika yaruxe waɨ, pë xi rii rë wãrihonowei. Wayumɨ pë xi wãrihou haikoma.

— Õasi ya hũka kɨ nohi hëtɨa yairëhe! Ɨnaha ya hũka kɨ rii hëtɨa kurayou kuhe. Ihiru hɨtɨtɨwë të pë kãi rë kui.

— Õaaa! Xiri! Xoape ya hũka kɨ rii hëtia kurayou kuhe.

— Õaaa! Xiri! — e pë kuma.

Ɨhɨ wayumɨ rë pë xi rii wãrihiprarioma. Waika pata kë pë xi rii wãrihoma. Xomaomɨ të pë, pë xi ri wãrihoma. Urihi kë a haikia xoaremahe. Ai të kɨ yahipɨ xee hëama rë mare!

Hei të u pata koro hamɨ, hei wama të u pëixokɨ no yuripɨ waɨ rë xoape, të u koro pata makui hamɨ, yaruxe të kɨ wakë pata xopoi kunomai të kɨ pata ma rë huɨ korowë piyëkei.

— *Fɨfɨfɨ!* — pë kutoma

Ɨhɨ Waika kama nohi patama pë kuoma kutaenɨ pë wayumɨ huɨ xi ha wãrionɨ pë xi wãrioma. Pë hũkakɨ ha kërarunɨ, pë hũkakɨ mɨ yaprekewë. Pë hũkakɨ hëtɨtoma.

Hëyëha, Wãikayoma pë kãi hiraomahe. Wãikayoma pë kãi rë hiraonowehei. Koteahiteri pë yahipɨ he tikëre hamɨ, hei kë pë yahipɨ. Õramisitaremata ri pata kë pë yahipɨ. Hëyëha pë rii hiraoma. Ɨhɨ pë rë hirare pë yai naiki he ropao totihioma. Yaro a waɨ no teteonomihe. Pë yai naikioma. Ɨhɨ kutaenɨ Õramisitaremata ri pë wãha kuoma. Ɨhɨ Õramisitaremata ri pënɨ Koteahiteri pë nohi-pomahe. Kama nohi e pë kuoma. Pe he rë waroyouhe rë tikëkonowei Õramisitaremata ri pë wãha kuoma.

Ɨhɨ rë pë iha amoa hi nohi kõapraɨ piyëkomahe. Kama pë yahipɨ he tipëtëmoma. Pata të pë wãha yai. Oramisi-taremata ri pë yahipɨ he tikë ha, Waika pë xi rë wãriho-nouwei pë rii hiraoma.

Urihi ha, pë xi wãrihia xoararioma. Pë përɨaɨ kõonomi. Ɨhɨ pë xi rë wãrihiraruhe, pë no uhutipɨ huomopotayoma, urihi a haikiremahe. Urihi a he tatohowë rë kurenaha, a urihi yaitawë makui, a urihi haikiremahe, yaruxe pënɨ, totori pënɨ.

A proliferação do fogo

EU VOU contar a história de Jacaré. Seus conterrâneos sofriam por causa da escuridão à noite, porque não conheciam o fogo e, então, comiam cru. Depois de apanharem frutas *kaxa*, eles as comiam cruas, pois não havia fogo.[1] A região chamada Kaxana era a região de Jacaré. Ele ocupava essa região. Ele bebia a água do rio Kaxana. Era o nome dessa região. Ele comia escondido as frutas *kaxa* cozidas, aquele que detinha o fogo na sua boca. Essa região Kaxana fica no centro da floresta. No meio dessa região, há o rio Kaxana.

Os jovens que moravam com Jacaré estavam sofrendo e delirando por causa da comida crua. Ele comia o cozido sozinho. Ele não oferecia aos outros. Até o paladar das mulheres sofria com a comida crua. A história dos companheiros de Jacaré, que, depois de pensarem, encontraram o fogo guardado por Jacaré, ocorre no meio da nossa história.

Alguém acordado à noite ouviu o som baixinho daquele que mastigava a comida frita escondido. *Kãri, kãri, kãri!* Por causa de sua boca que fazia esse som baixinho, um deles percebeu o que estava acontecendo.

— Será que ele está comendo algo frito?

1. Lizot identifica *kasha* como um tipo de lagarta que vive em uma variedade de ingazeiro chamado *kasha nahi*. Na versão por ele recolhida desta história, o detentor do fogo come as lagartas cozidas, não as frutas do ingá.

Ele pensou assim, apesar de não ver lenha queimada no chão, como acontece quando a gente acorda e, ainda deitado, olha para o chão.

Depois de torrar os alimentos na sua boca, ele os comia com sua esposa à noite. *Kãri, kãri, kãri!* Os dentes dos dois faziam esse som baixinho.

Depois de seus companheiros acordarem, falavam de Jacaré, baixinho.

— *Hoaaaaaaaa!* Vamos, vamos procurar!

Não foram nossos antepassados que descobriram o fogo. Nós não conhecemos o fogo por ele ter aparecido de repente. Nossos antepassados sofriam, eles endoideciam por causa da comida e pareciam doentes. Sofriam e endoideciam por comer carne crua.

Salvaram-se com o fogo de Jacaré, que pegaram e espalharam.

Eles viviam sempre tristes; o fogo quase não saía, quase não existia. Viveriam sempre tristes se o fogo não tivesse existido e sido repartido.

Jacaré ensinou os *napë* a fazer fogo; eles o usam porque Jacaré lhes ensinou, pois ele guardava o fogo na sua boca.

Depois de acender as brasas em um tipo de forninho, ele colocava a comida nas brasas. A comida cozinhava escondida em cima das brasas; ele fritava a caça e as frutas escondido, ele fazia assim. Ele guardava o fogo com ciúme, quase não revelava o fogo.

Todos se juntaram para descobri-lo. Reuniram-se, ali onde Jacaré comia queimado e guardava as folhas dos embrulhos. Ele as enterrava, cobria-as com terra; cavava um pouco o chão e colocava as folhas queimadas; fazia assim. Sozinho, saboreava a comida cozida. É um jacaré, como a gente diz.

Mas ele cedeu o fogo? Não, ele sovinava o fogo. Vocês só veem um pedaço da língua dele por causa do fogo. É um jacaré. A língua não queimou à toa, o fogo acabou com a língua, ficou somente um pedaço no fundo, pois ele guardava o fogo na boca.

Avisaram todos os *xapono*, convidando-se a se reunirem. Chegaram e se reuniram. Jacaré não ficou sabendo, e saiu à procura da fruta *kaxa* enquanto eles se reuniam.

Ali onde se revelará o fogo, eles queriam se alegrar rapidamente com a comida cozida; conseguiram encontrar lascas queimadas de comida. O fogo foi revelado com Jacaré; os *napë* e os Yanomami terão o usufruto do fogo, por isso comemos cozido.

No início, quase não conhecíamos a comida cozida. Onde nossos ancestrais comeram cozido? Onde comiam cru com sangue? Quase todos nós comíamos cru! Você escuta as minhocas e os minhocões, eles suspiram aliviados, *tɨ̈ɨ̈*! *Tɨ̈ɨ̈*! Quase você comia esse tipo de minhocões, quase você sofria, assim como os antepassados sofriam.

Reuniram-se, como nós fazemos agora. Na reunião, proibiram Jacaré de sair.

— Vamos, avô! — seus netos disseram.

Um de seus netos, aquele tipo de calango que fala assim — *Serororo*! — aqueles calangos pequenos que caem na água e que fazem assim, *serororo*! Nós chamamos de *temoa*. Era um dos netos dele, quando era gente.

— Vamos, meu tio! Fique parado! Você vai escutar. Escute os que se reúnem. Deixe para ir amanhã de novo à procura de comida! — disse seu neto.

— *Haaa*! — ele disse com voz rouca. — *Hai*! *Hai*! Por quê? — ele não perguntou. — *Ho*! Está bem! — disse. Ele logo disse assim. — *Hëë*! — disse ele, da mesma forma que diz hoje.

Enquanto o neto se dirigia a ele, ele permaneceu parado.

— *Ho*! Sim! Vamos esperar! — disse à sua esposa.

Ela tem uma voz harmoniosa, como a que se escuta nas cabeceiras dos igarapés. *Pẽi*! *Pẽi*! *Pẽi*! Os que falam assim, na beira d'água, os que sempre ficam dentro da água, os *pëipëimi*. Era a esposa de Jacaré. Apesar de ser esposa de Jacaré, era parecida com a perereca que tem desenhos na coxa.

Quando o neto disse aquilo, eles pararam, ele e sua esposa. *Hĩii*! Ele sabia de quê se tratava.

— Eu não revelarei o fogo que eu possuo! — pensou logo.

Ele logo ficou bravo, em vão. Ele foi dormir, para não dizer nada àqueles que estavam reunidos. *Hĩii*! Ele afastou sua rede, virou seu rosto para o outro lado e adormeceu. Não se mexia.

Os outros queriam fazer Jacaré rir e se revezavam. Os passarinhos se revezaram. *Ão, ão, ão, ão, ão, õoooo*! Eles tentaram, mas ele não se mexeu. Aquele que possuía o fogo, cujas brasas brilhavam, guardou a boca bem fechada e parecia não ter boca.

Cada pássaro ia no meio do *xapono* dançar, se revezando. Os uirapurus *huimiri*, os *taisarakari* e os galos-da-serra iam se deitar com ele, se revezavam. Os bicos-de-brasa se sentavam no chão, sentavam, sentavam, mexendo as asas; queriam fazê-lo rir e se revezavam. A esposa, de costas, disse logo:

— Não se mexa! Fique aí quieto! — disse ela.

Em seguida:

— Não se mexa! Durma! — dizia ela do seu canto.

— Vocês vão fazer assim? — Jacaré não reclamou, apesar do barulho.

Bem depois, eles cansaram. Ele não se mexia. Ficaram cansados, os coitados se mexeram tanto, tiveram tantas dores, que começaram a sofrer.

Beija-Flor não se levantou logo. Ele estava no centro, afastado com Tohomamoriwë, irmão dele. Eram os dois: o mais velho, Beija-Flor, e o mais novo, Tohomamoriwë, daqueles beija-flores pequeninos. Beija-Flor agiu primeiro.

— Irmão maior, sua vez! Você tenta logo, eu vou olhar primeiro! — falou o irmão mais novo.

Apesar de o irmão mais velho se mexer, Jacaré não reagiu.

— *Sĩo! Sĩo! Sĩo! Tõu, tõu, tõu!* — disse.

Mexendo-se à frente de Jacaré, ficando parado, ele colocou peninhas brancas no seu cu, nas suas patas, as peninhas estavam repartidas igualmente nos dois lados do cu. A língua de Beija-Flor saía e os olhos de Jacaré se abriram. Deu uma olhada e adormeceu de novo.

— Não com você! — pensou.

Beija-Flor se mexeu duas vezes e se cansou como os outros. O irmão mais velho disse ao mais novo:

— Vai, irmão menor, tua vez, depressa! Com você é bem capaz de ele rir.

Aí o irmão mais novo disse:

— *Waooo!* Olhem isso! Sou eu mesmo! Olhem para mim!

Todo mundo olhou. Bico-de-Brasa estava triste, sentado, como um doente, aguardando o fogo, para pegá-lo logo. Aquele que estava esperando se levantou e se aproximou.

— Bem, olhem só como eu faço: *Sĩo! Sĩo!* — dizia a certa distância, de onde se levantou.

Parecia o som do carapanã *tëërëkë.*

— *Sĩo! Sĩo! Sĩo! Tëɨ! Tëɨ! Tëɨ!*

Um som bonito começava a ser ouvido e o dono do fogo arregalou os olhos, olhou para o que acontecia.

Beija-Flor logo se levantou, para dançar à frente de Jacaré.

— *Wão!* Você vai ver!

Ele ficou à frente de Jacaré, continuando a dizer:

— *Sĩo! Sĩo!*

Parecia que voaria para sempre.

— *Tëɨ, tëɨ, tëɨ!* — ele dizia.

Ele parecia pendurado com as pernas abertas. Ele fazia assim: a cauda dele ficou virada para cima, e os dois irmãos ficaram um ao lado do outro. Eles faziam como se fosse uma dança.

Nessa altura, Jacaré se levantou. Ele estava sério, mas se endireitou e sentou na rede, e deu uma gargalhada. Com as gracinhas de Tohomamoriwë, ele entregou o fogo. Tohomamoriwë estava na altura dos olhos de Jacaré:

— *Ho, ho, ho, ho!* — Jacaré riu.

Prohu! A brasa pulou. Tou! Bico-de Brasa esperava o fogo e o apanhou. *Hɨɨɨ, krihi, krihi!* Ele apanhou o fogo, que queimou seu bico, por isso o bico dele é vermelho, pela queimadura do fogo. *Hɨ!* Como o fogo era pesado, ele não conseguiu voar alto, quase caiu de volta com o fogo.

— Japu! — ele chamou.

Japu estava esperando, empoleirado mais em cima. Ele foi levar o fogo. *Wẽooo!* Pois ele é maior. *Tu tu tu tu tu tu tu!* Levou as brasas em cima da árvore abiorana murcha, ele as colocou na ponta do tronco da árvore.

A mulher de Jacaré se levantou. Quando Bico-de-Brasa quase apanhava o fogo, ela jorrou urina. Apesar de a mulher de Jacaré jorrar sua urina, Japu levou o fogo mais alto e a urina não o alcançou. Enquanto o fogo estava em cima e não apagava, ela não acertou o fogo, a urina não alcançou. Ela disse:

— Vocês pegaram o fogo, então vocês chorarão quando cremarem os seus mortos, vocês sofrerão e chorarão pelos seus mortos cremados!

Ela falou verdade, pois quando morremos, nos cremamos; ela disse a verdade: nós praticamos a cremação e nos cremamos. Ela disse que era para ser nossa tradição.

— Eu vou ao igarapé e ficarei feliz lá com meu marido para sempre — disse. — Vocês sofrerão com o fogo. Ele se tornará eterno. O fogo derreterá seus olhos!

É verdade o que ela disse, a esposa disse a verdade. Nós nos cremamos, nossa carne queima, ela falou certo. Se isso não houvesse acontecido, não nos cremaríamos. Dito isso, ela e seu marido, *Kruxu! Kopou!* Os dois foram às águas para nada de ruim lhes acontecer, para eles não ficarem doentes, não pegarem diarreia, nem dor de cabeça, nem conjuntivite, nem terem dor nas pernas, nem conhecerem a malária. E assim será.

Eles têm problemas de dentes como nós? Não têm, não! Não conhecem dor de dente.

Esses eventos aconteceram para que seja assim. Eles ainda estão felizes.

— *Pĩri! Pĩri! Pĩri! Pĩri! Pĩri! Pĩri! Pĩri! Pĩri! Pĩri! Pĩri! Pĩri!* — cantou a esposa, até chegar às águas.

Os outros pegaram o fogo e os dois ainda moram nas águas.

Iwariwë

K AMA Iwariwë hei pë rë kui, ya pë wãha rë tare, ruwëri pë no prepramoma, kaɨ wakë tanomihe, riyëriyë yaro pë wamahe. Riyëriyë atayu pë wamahe. Riyëriyë kaxa a pata yaxaamahe. Kaɨ wakë kuami yaro. Ɨhɨ Kaxana kama e urihi ha, Iwariwë a rii përɨoma, Kaxana a urihi ha. A urihi rii poma. Kaxana u rii koama. Urihi ɨ̃hɨ Kaxana a wãha kua. Rɨpɨrɨpɨ ɨ̃ha a waɨ hãtooma, kaɨ wakë rë pore, kaɨ wakë rë titipore pei kahikɨ hamɨ. Mɨ amo yai hamɨ, Kaxana a urihi kua, Kaxana u mɨ amoa.

Hëyëha Iwariwënɨ kama e të pë hei kurenaha kama huya e pë kãi rë përɨawei makui riyëriyë të pënɨ të pë xi wãrii no preo ayao hei. Kamanɨ rɨpɨrɨpɨ yaminɨ a wama. Të pë toonomi. Suwë makui riyëriyë të pë ha, të pë no kãi preaama. Hei të pë rë kuinɨ, yakumɨ të pë puhi ha tao hërɨnɨ, Iwariwë iha kaɨ wakë he rë haaɨ rë piyërahei, hei mɨ amo ha të kua.

Mi titi hamɨ harɨkano kë kɨ waɨ rë hãtoawei kahikɨ ɨ̃sitoripɨ wai hõra ha hɨ̃ria he harurehenɨ, ai të rë rãa he haruawei. *Kãrɨ, kãrɨ, kãrɨ!* Kahikɨ wahato kuɨ makure.

Ei harɨkano rë kɨ hõra nohi waɨ kui, a nohi karɨkarɨmouwei! E puhi kuɨ ha kuikunɨ, wãri rë të wakëxi wai praama mare makui, të pë ha rãmanɨ, të pë mamo kãi ma rë përɨmapouwei.

Ɨhɨ pei kahikɨ ha, kɨ rë harɨkaiwei, kɨ wapɨɨ he harukei, hesiopɨ xo. *Kãrɨ, kãrɨ, kãrɨ!* E kɨ nakɨ kupɨma wahato.

Ɨhɨ e pë ha rarɨnɨ, pë noã rë wahato taɨwei, taɨwei, taɨwei:

— *Hoaaaaaaaa!* Pei këëë! Pë ta taeo! — e pë kuɨ xoatarioma.

Ai patama kamiyë pëma kɨ patamanɨ kaɨ wakë ha tararënɨ, wakë rë pëtarionowei, wakë kupronomi. Kamiyë pëma kɨ no patama preaama. Riyë të pë ha kamiyë pëma kɨ no patama xi wãriprou no preoma, hawë rãakãi të pë kuaama. Yaro riyëriyë pënɨ të pë xi wãriprou no preoma.

Ɨhɨ iha wakë he ha ha piyërehenɨ, Iwariwë a prukaremahe, kaɨ wakë ha, wakë yua piyëkëapotayomahe.

Të pë puhi rë owahataohe të pë xĩro õha kunoha, kaɨ wakë mori hanomi, wakë mori kupronomi. Ɨhɨ a mao ha kunoha, hei riyëriyë pëma të pë waɨ xoawë.

Ɨhɨ Iwariwënɨ të pë ha hirakɨnɨ, wakë tapraɨ ha hirakɨnɨ, napë pënɨ wakë tapraremahe. Të wakë pë kãi hĩihaɨhe, ĩhɨnɨ të hirakema yaro. Pei kahikɨ ha wake titipoma yaro.

Hapa anamahu wakë rë kui, wakë ha homoprarutunɨ, heinaha hawë maramahe kure të ha, wakë anamahu pata makeama, ĩhɨ wakë anamahu ha kɨ yaropɨ rɨpɨpɨo hãtooma, kaxapɨ hãrɨkɨpɨo hãtooma, ĩnaha të tama.

Wakë no xi ɨmapou he parohoma, wakë kãi mori wawënomi, kurenaha ĩhɨ a napë kõkaprou rë piyërahei, ĩhɨ re e wakë wawëmapehe, a napë kõkaprou piyërayomahe.

Ĩxiĩxi a rë iaɨwei hamɨ, hena pë si pomama, pita pë rëmama, maxita pënɨ të pë paterimama, pita pë ka ha titanɨ, hena pë ĩxi ɨnaha të tama, kama yami a totihotii yaro, rɨpɨrɨpɨ të pë ha. Hei, iwa kë a, wa rë kuɨwei.

Kaɨ rë wakë no xi ĩhɨtapoma? Wakë noãpou he parohooma. Ɨhɨ wakënɨ wama aka hemata tapraɨ. Hei iwa kë a, wa rë kuɨwei, pei aka no watëno pëwëmi, ĩhɨ kaɨ wakënɨ aka rë haikiarenowei, korokoro të waɨ hemata hëa. Wakë hopoma yaro.

A napë kõkaprou piyërayomahe, e të pë waroo piyëkema, kihamɨ e të pë noã no waxuoma, të pë rë nakayouwei, të pë kõkamoma. Kama a mohotio tëhë, ai kaxa a yuai mɨ napë kuo tëhë, a napë kõkaprou heamahe.

Ɨhi wakë rë wawëmare hamɨ, ripiripɨ të pë ha, të pë puhi yai toprarou haɨtao puhiopë yaro, ɨ̃sitoripɨ të nakaxi wai taa he ha yatirarɨheni. Ɨhi iha wakë rë wawërihe, napë, Yanomami pënɨ wakë ha piyëarɨheni, piyëreheni, pëma kɨ iaɨ, ripɨ të pë ha.

Hapa pëma kɨ mori ianomi. Ɨhi weti ha pata pënɨ ripɨ të pë wamahe? Ĩyë makui, të pë kãi wamahe? Inaha pëma të mori pruka tama. Horema korimorewë: *Tĩĩ! Tĩĩ!* Wama pë kuɨ hirii? Ɨhi naxomi wama xi kɨ mori wama, ĩnaha pë no preaaɨ kuoma.

Ei a napë rë kõkapraruhahei, hei kurenaha e të pë kõkaproma. Rë kõkapraruhe, a wasitaremahe.

— Pei! Xoape! — pë xiɨ hekamapɨ e kuoma — *Serororo!* — të pë wai rë kuɨwei, ĩhi hekamapɨ ree.

Hawë xãraima ãto pë wai rë kure mau u pë ha, të pë wai keo ha: *Serorororo!* Të pë wai rë kuɨwei. Temoa, hawë reha pë rë kure naha, të pë rë kure, hekamapɨ Yanomami e kuoma, hei kurenaha e kuoma.

— Pei! Xoape! A ta yanɨkɨtaru! Ai wa të pë ã hirii. Hei të pë rë kõkamorɨhe, të pë ã wayou ta hiri! Henaha yai, henaha wa kɨ napë yai huɨ kõopë — hekamapɨ e kuma.

— *Haaa!* — e kutarioma, pë a marë wahëi

— *Hai! Hai!* Exi të ha? — e kunomi. — *Ho!* — e kutarioma.

Ɨnaha kama a kuɨ xoawë:

— *Hëëë...!* — a rë kuɨwei, pei a wã haɨ.

Hei a noã taɨ ha, a yanɨkɨtarioma.

— *Ho!* Awei! Pei pëhë kɨ no tatou! — hesiopĩ mau u pë hawaro hamɨ të pë ã rë karëhouwei.

Pẽi, pẽi, pẽi! Mau u pe he tatoopë ha të pë rë kuɨwei, pẽipẽimɨ, ĩhi hesiopɨ e kuoma, Iwariwë hesiopɨ. Ɨhi hesiopɨ e makui, hawë moka e wai kuwë. Waku kɨ wai oni, ĩhɨ e kuɨ ha, e yai yɨkɨtarioma.

Ai të pë hapa rë kuprore makui: *Hɨɨɨ!* Ɨha a puhi kua yaro

— Ma, hei kuikë ipa ya wakë rë tapore, ya wakë wawë-maɨ kuami — a kutou xoarayoma.

A xomi huxutou nokarayoma. A ha miikunɨ, të pë rë mɨre, a kuɨ maopë. Kama pë praopë ha: *Hɨɨɨ!* Të pë mohekɨ mɨ marë kutaowei. Pëkɨ yawëtëa xoaparioma. A kãi karihipronomi. Ɨhɨ a rë miore, hei të pë noka rĩya rë ĩkamouwei, hei e të pë wai yaiataroma. Kĩritari e pë wai yaiataroma. *Ãо, ão, ão, ão, õoo!* Të pë xomi kuma makui, a kãi kupronomi.

Ɨhɨ ëyëha rë wakë rë titipore, hëyëhë të wakë anamahu pata ma watawatamope, ĩnaha husi kua xoakema ĩkari, hawë kõmikõmi. Ɨnaha kahikɨ kua xoa parioma.

A rë kure tëhë, të pë pëɨxokɨa hërɨɨ, yaiatarou, huimiri e yaiatarou, tãɨsarakari e pë yaiatarou,ẽhoamɨri e pë yaka-aprarou, yõreketerari e pë roaroaaprarou, roroaprarotiii, roroaprarotiii, e pë kãi yahuyahuapraroma, a ka ĩkamaɨ xi totihitaoapehe, e pë yaiataroma. Hesiopɨ e rë kuɨ kihi e yaipë rëa kure:

— A kupro tihë! Miha a kuaaɨ kuparuhë!

E kuɨ nokamoma:

— Kuaa tihë! Miparu hërɨ! — e kuɨ nokamoma. A mɨ hururani! Të pë ã ma teteo tëhë:

— Ɨnaha rë wama kɨ kuaaɨ kupe — e kunomihe.

Yakumɨ, të pë ha motarɨni, të karihiproimi ha, të pë ha waximirɨni, pei të pë wai kuaaɨnɨ, të pë wai ha ninirɨni, të pë no preaatii yaro.

Ah! Kihi Tẽxori a makui, e kãi hokëprou haɨonomi. Kɨpɨ yai, hei kɨpɨ mɨ amoa. Hei kɨ yawëtëpɨa kupiyei. Tohomamoriwë a yai, kihinɨ ĩhɨ kihi pata e rë kuɨ, kihi

Tẽxoriwë, ĩhɨ a rë kui pata kee. Tohomamowë oxe kee, të pë wai rë sinapii, ĩsitoripii, ĩhɨnɨ kihi e kuaama, pata e rë kui e kuaama:

— Pei! Apa, kahë! Wa wapaɨ xomao, kamiyë ya mamo yëo parɨo — e kuma.

Pata e kuaaɨ makure:

— Sĩo! Sĩo! Sĩo! Tõu, tõu, tõu! — e kuaama.

Kuaaɨ makure, pei mɨ tarɨ ha, hëyëha e katioma, Tẽxo e husi ha horoipraruni, e mamikɨ kãi ha horoipraruni, e posi wai horoi wauhuapraroma. E aka kãi nianiamoma makui, e mamokasi homotarioma, a mɨi ha, miaa kõkema.

— Kahë iha mai! — e puhi kutarioma. E kuaaɨ ha horohopraruni, hei të pë rë hitititipraruhe, të pë waximi yaro.

— Pei! — pata e ã hama, oxe iha — Pei! Õasi! Kahë! Haɨpraru! — e kuma.

— Kahë iha pei të yai xi kirihiprario — kuɨ ha:

— Waooo! Pë mamo ta yëparu! Ɨhɨ rë! Wamare a ta mɨ! Kamiyë yai! — e kuma.

E të pë mɨ puruparioma. Yõreketerariwë hei të no pretaa kure. Hawë e rãakãi e kutaoma. Ɨhɨ kaɨ rë wakë no tapou kure. Wakë rĩya ha nokaani. Hei e no rë tare, e hokëtarioma.

— Pei, ɨhɨ rë, pë mamo ta yëparu! Ɨnaha ipa të kua. Sĩo! Sĩo! — e kuma, ĩhɨ kiha ree kuɨ kure.

— Sĩo! Sĩo! Sĩo! Tëɨ! Tëɨ! Tëɨ!

Hawë të krë e ã taa xoamakema.

Ɨnaha a kuɨ tëhë, ĩnaha e të kuɨ totihiatarou hapa hëria ha, hei tëni kaɨ wakë rë tapore, mamokasi homoprou no-karayoma. E mamo homotarioma. Ɨhɨ të kupë hamɨ, e mamo xatiprakema, e hokëtou nokarayoma hokëprari-oma:

— Wão! — hawë e yë hërɨpë — Sĩo! Sĩo!

E ku hërima pei mɨ tarɨ ha e wai kutou xoarayoma.

— *Tëɨ, Tëɨ, Tëɨ!* — e kuaprarou ha.

Hawë e yaua e wai kupario ha, e wai ha wayakarɨni, e kuma. E të texinakɨ mɨ wai ha yaprekerɨni, e kɨpɨ mɨ wai hetutupɨkema. Hawë hekuramou e kɨ wai tikutikupɨapraroma.

Kuaaɨ ha Iwariwë a hokëprarioma. A puhi yopraa makupe, a ha hokëprarunɨ, a ha tipëtarunɨ, ĩkawã wã no rarɨi xoaopë. Tohomamoriwënɨ kaɨ wakë no xi ɨhitarema yai, heinaha e të mɨ wai tarɨaprarou kupe, hei, hei, mɨ wai taɨaprarou, mɨ wai tarɨaprarou tëhë:

— *Ho, ho, ho, ho!* — e kurayoma.

Prohu! Kaɨ wakë anamahu pata yutuparioma — Tou! — Hei të no rë tare, Yõreketerariwënɨ, e wakë nokarema. *Iɨi, krihi, krihi* — pei husinɨ, husi no rë watënowei, ĩhɨ husi marë wakëii, ĩhɨ kaɨ rë wakë unosi, e wakë nokarema. — *Hɨ!* — wakë pata hute yaro heinaha e wakë kãi pata kuaproroma. Wakë mori kãi pata kei mɨ yapaoma. Hei kihi a no rë tare.

— Xĩapo! — të pë rë kuɨwei, kihi e paoma, kihinɨ: *Wooo!* Ihinɨ wakë pata nokare hërima, pë ma rë prei, ĩhɨ. *Tu tu tu tu tu tu tu!* Apia hi pata hëwë ha, pei hi nanoka pata ha, wakë pata anamahu makeketayoma, hesiopɨ e hokëprarioma.

Hei Yõreketerariwënɨ e wakë mori mapramaɨ tëhë, naasi hirekoma. Hesiopɨ e naasi hirekei makure, Xĩporitawënɨ wakë kãi tirerayoma, naasi hawërayoma. Inaha e kuma, wakë kãi tirerayou ha, wakë misi rupramanomi yaro, wakë tanomi yaro, naasi notikema yaro.

— Inaha kë wama wakë ma tarenowei, ĩnaha kë wama wakë ma tarenowei, wama wakë imi preaɨ ha kë, wama kɨ ã no rĩya preo hëo, wama wakë imi rĩya preati hëo! — hesiopɨ e kuma.

Peheti a kuma, të pë nomaɨ, kamiyë pëma kɨ yaayopë, ɨ̃hɨ pëma kɨ pehi wãha hiraprarema, kamiyë pëma kɨ ɨ̃ximayou hëopë, pëma kɨ pehi wãha hiraprarema.

— Hawaro ha kë, xoati hawaro ha kë, ipa kë ya të ã kãi rii rë topraowei kë, ya rii makui ha! — e kuma — Wakë imi preaɨ ta përahe, wakë imi parimi preaɨ ta përahe, wama kɨ mamo rĩya protomotou kë! — e kuma.

Peheti e të takemahe. Hesiopɨ peheti a kuma. Pëma kɨ yaayou, pëma kɨ yãhi kɨ ɨ̃xipë, të pë pehi wãha hiraprai katitirayoma. Kutaenɨ pëma kɨ yaayou. Ɨnaha të kuprou mao ha kunoha, pëma kɨ yaayoimi. A kuma. A ha kunɨ, kama, hẽaropɨ xo: *Kruxu! Kopou!* Mau u ha kɨ rii kupɨ kiriopë, kɨ kupɨprou rë mai! Ai kɨ kãi pëpɨɨ, kɨ kãi kriipɨprou, kɨ he kãi hayupɨprou, mamorinɨ kɨ kãi yupɨaimi, kɨpɨ matakɨ kãi nini no preaaimi, hurapɨɨ taimi, kɨ kupɨopë.

Hei kamiyë pëma kɨ nakɨ rë kurenaha ɨ̃hɨ pë nakɨ kuwë? Kuwëmi. Nakɨ kãi niniaɨ taomi yaro.

Ɨnaha të kuopë, të kuprarioma. Wã totihitawë kɨ marë kupɨa xoare. Kupɨa xoaa.

— *Pĩri! Pĩri! Pĩri! Pĩri! Pĩri! Pĩri! Pĩri! Pĩri! Pĩri! Pĩri! Pĩri!* — e kuɨ morokaɨ hëparioma.

Wakë yureihe ha! Ɨharë kɨpɨ, përɨpɨa xoaa.

O surgimento do cupim

Aí TEM cupim! — nós dizemos. Por causa do rio no qual as pessoas se afogaram, outros subiram nas árvores por medo, ensinando-nos. Ensinaram-nos a subir. Subiram, subiram. Conforme o rio subia, eles também subiram, sempre mais, até a copa das árvores e, em seguida, se transformaram em cupinzeiros, mesmo não existindo cupinzeiros nesse tempo.

Os cupins grudaram nos troncos. Quem era gente se tornou cupim. A casa dos cupins fica sentada em cima dos galhos. As casas sentadas são a imagem daquela que existiu, oriunda dos Yanomami.

Eles se sentam na forquilha das árvores. Os Yanomami ficaram sentados nas forquilhas das árvores por medo. Apesar de quererem fugir, eles não conseguiram. Depois da transformação dos cupins por causa do dilúvio, aqueles que se afogaram boiaram à deriva na água e se tornaram jacaré-açu.[1] Alguns se transformaram em jacaré, outros em peixe, outros em capivara. Caíram na água. Transformaram-se assim pela água. Não foi obra de ninguém!

Quem os teria feito? Os cupinzeiros eram gente. Desde a transformação, feito isso o cupim está sentado e grudado às árvores nas beiras de rio.

---

1. O dilúvio é tema da história do surgimento dos *napë*, que está no volume *Os comedores de terra*, desta mesma série.

Uma casa gruda, outra está pendurada, outra está enfiada lá em cima. As casas de cupim ficaram na posição na qual as pessoas estavam. É assim.

São do tamanho de uma criança; uns quase ficaram na terra seca, uns caíram na água por medo. Os que eram um pouco maiores caíram na água por medo e se transformaram em cabas[2] *xaxa*. Imediatamente ganharam esse nome. Assim se transformaram. Após a transformação, sua imagem se espalhou. Ocuparam todas as regiões onde moravam os Yanomami.

2. Vespas ou marimbondos.

Yanomamɨ pë rë ãrepopronowei

Kɪʜɪ ãrepo kë ko — pëma kɨ kui. Ɨhɨ ko pë rë kui, Motu unɨ pë mixi ha tuo kuikunɨ, ĩhɨ hei suwë ya wãha yuaɨ rë taprarɨhe hamɨ, ĩhɨ u nɨ të pë kiriri toreroma, pëma kɨ hiraɨhe ha. Pëma kɨ tuopë, tuo hiraɨ ha. Të pë tuoma, të u pata tirei ha, të pë kiriri ĩhetoma, ãrepo ko pë maoma makui, ĩhɨ u pata ha rërërinɨ, ãrepo ko pë kua hërarioma.

Ãrepo ko pë yërëkoma, yërërarioma. Ɨhɨ Yanomamɨ pë rë kuonowei, ĩhɨ ko pë. Ko pë tikëprawë, hii hi pë poko hamɨ, ĩhɨ të pë rë kuonowei, të pë no uhutipɨ, tikëkëwë, ãrepo ko pë rë kui.

Ko pë rë yakaroprai, hii hi pë hakarakɨ hamɨ, ĩhɨ Yanomamɨ të pë kiriri yakaropramoma. Të pë tokuu puhio makui, pë tokunomi. Ɨhɨ unɨ të pë xi wãrihou ha kuikunɨ, ai pë mixi rë tuoprou he rë yatianowei, pë rĩya ha pokëpronɨ, pë xomi rë niaaprarou huxomionowei, pë kãi ãopanaprarioma. Ai a kãi iwaprarioma, ai a kãi yuriprarioma, ai a kãi kayuriprarioma, të pë keparioma, Yanomamɨ të pë. Mau unɨ pë xi rë wãrihonowei, ɨnaha pë kuprarioma. Taprano mai!

Wetinɨ pë ha tapraɨ kuikunɨ të pë? Yanomamɨ kuoma makui, pë xi re wãrihonowei, pë yai. Ɨnaha të pë kuaama. Të pë kuaaɨ ha kuikunɨ, hii hi pë hamɨ, pata u kɨ hamɨ, ãrepo ko pë tikëkëwë, ko pë sutiprawë.

Ai ko pë kãi yauprawë, ai ko pë yakaroa, kiha ai të ko wai hĩiatayoa, Yanomami të pë kuaanowei naha, ko pë kuwë.

Ai të pë ihiru rë kurenaha, të pë mori haxirioma, të pë kãi keparioma, kiriri. Hei kurenaha të pë kiriri keoproma, Xãxa na pë kuprarioma. Inaha të pë kuprarioma. Të pë kuprou ha kuikuni, të pë no uhutipi praukurayoma. Yanomami kutarenaha të pë urihipi hami të pë kurarioma.

Os levados pelo rio

Havia um pajé chamado Xiritowë, que veio a se chamar Keopëteri. Os descendentes moram lá ainda. Os Xiritowëteri, depois, se chamaram Keopëteri.

Qual era o nome do rio onde eles afundaram, aquele que deu o nome de Keopëteri? Esse rio se chama Xitipapɨwei. Eles bebiam dessa água, que cobriu tudo. Caíram nas águas do Xitipapɨwei. Eles não morreram. Ainda existem ali.

Um dia, Xiritowë mandou seu genro buscar os visitantes num *xapono*[1] amigo para dançar durante a festa, e assim nos ensinou a nos chamarmos e a nos convidarmos mutuamente.

O genro de Xiritowë foi convidar os parentes e amigos deles, os Anahupɨweiteri, para dançar durante a festa, assim como fazemos até hoje. Ele correu até o *xapono* dos Anahupɨweiteri.

O pajé Xiritowë chamou seus conterrâneos para a festa sem imaginar que o rio inundaria o *xapono*; ele pensava que todos iriam morar lá para sempre.

Como se chamava esse rio antigo? Esse rio se chamava Xitipapɨwei. Aqueles que as águas cobriram, antes bebiam dessa água.

---

1. É o nome da casa coletiva circular onde vivem os Yanomami. Cada casa dessas corresponde a uma comunidade ou assentamento.

Xiritowë tornou a se chamar Keopëteri — os afundados. Depois de eles se afundarem nas águas desse rio, tornaram a se chamar Keopëteri, porque caíram nas águas desse rio que os levou. Assim, ainda moram lá. Esse rio se chama Xitipa; os Keopëteri caíram nas águas do Xitipapɨwei. Eles não morreram. Existem ainda.

A filha de Keopëteri e seus parentes não se afogaram, apesar de estarem no fundo do rio, o rio os levou. Eles vivem sempre lá. Tornaram-se eternos. Tornaram-se esses monstros que nunca morrem; eles afundaram.

Keopëteri

Xiritowëteri a yai hekura përɨoma, kamiyë kurenaha, ĩhɨ a wãha Xiritowëteri. Kama Keopëteri pë wãha kukema kutaenɨ, kama Keopëteri ĩha pë hiraa xoaa. Xiritowëteri Keopëteri pë wãha kuprarioma.

Motu u pata wãha rë kuonowei, weti naha u wãha kuoma? Motu unɨ pë rë kepenowei, Keopëteri a wãha kuprarioma. Pë kepema yaro, pë yurema yaro. Motu Xitipapɨwei u pata wãha kua. Ɨhɨ kama e u pata rë makepenowehei, kama pënɨ u rë koanowehei, u makui, Xitipa kama e u wãha pata yua xoaopemahe, Keopëteri a kepema. A nomanomi. Ɨha a kua xoaa. Ai pë wãha xoaa.

Siohapɨ e matoto rë ayonowei, ĩhɨ weti naha kuwë pë xoama? Ɨhɨ hei kama nohi e pë rë kuonowei, ĩhɨ pë yahipɨ hetikëkëoma, pë rĩya ha praɨmahenɨ, hei pëma kɨ nakayou hirai ha, pëma kɨ xoayou hiraihe ha, pë nakayoma. Xiritowëteri a hekuranɨ pë reahumou tëhë pë rë nakanowei. Pë kãi hakë përɨotii tarei. A keo hëomai tao, të pë puhi ha kunɨ, matoto a ayoma, kamiyë ipa reahu të kurenaha të kua yaro, a rërërayo hërɨma, kama pë rë përɨonowei, kama maxi norimipɨ Anahupɨweiteri pë praɨmamahe. Anahupɨweiteri kama norimɨ e pë yai kuomahe. Ɨhɨ pë xĩro hëtarioma.

Ɨhɨ ei Keopëteri pë tëëpɨ rë kui, hei Motu unɨ pë mixi tuo taonomi, pëma kohomoo waikio tëhë, kama unɨ pë rii yurema, pë rii kepema. Xoati ĩha kama pë kua. Pë ma rë kure, parimi pë kupropë. Yai të pë nomaɨ rë mai pë kupropë, pë kepema.

A queda do céu

A HISTÓRIA do céu: há a história da derrubada do céu. No início, ele estava lá em cima. Este solo é o céu caído, portanto, os primeiros habitantes foram esmagados. Esta terra os esmagou. Tornaram-se, então, os Amahiri, que moram em grupos como nós, mas moram lá em baixo.

Aquele céu caiu. Os nossos antepassados saíram bem no meio; se tivessem sido lerdos como os que foram amassados, não estaríamos aqui nesta floresta.

Depois daquele primeiro céu eterno, este segundo sobreviveu. Este novo céu sobreviveu. Aquele primeiro, que estava em cima, envelheceu e caiu.

Depois de sua queda, nós surgimos nesta terra mesmo, pois nossos antepassados se multiplicaram nesta floresta. Apenas os habitantes de um *xapono* sobreviveram para que pudéssemos existir, mas quase que eles não existiram. Em cima desta terra, nossos antepassados se reproduziram e nasceram, e depois deles, os seus descendentes.

O céu não exterminou todos os nossos antepassados, ele esmagou apenas alguns. Os Amahiri se agruparam lá em baixo da terra. Os que foram esmagados se chamam Amahiri.

Apesar de estarmos nas alturas, nós existimos. Assim, se essas montanhas não houvessem existido e se não se erguessem, nossos antepassados não haveriam saído, não haveriam existido.

Eles ficaram espertos por causa dessas cavernas.

Quando começou a estrondar lá em cima, quando o evento se aproximava, ele avisou seu povo. Os outros não sabiam:

— Vamos, meus jovens, nós da região central vamos escapar por essas montanhas, pois eu não sou tolo! Vocês não serão esmagados. Nós apenas sobreviveremos nesta região e, se for preciso, passaremos para o outro lado do céu. Limpem essa montanha! — disse. — Abram o caminho! Limpem!

Dito isso, eles limparam ao redor da montanha para se abrigar. Quando o céu ia cair, quando esse momento se aproximava, a montanha já estava limpa. Na hora de cair, o céu arrebentou, porque ele estava velho. Enquanto se arrebentava, os que escaparam entraram na caverna.

— Vamos, enquanto o céu ainda está alto! Venham! Depois de amanhã, depois de amanhã, o céu vai descer até o chão!

Depois de ele dizer isso, o céu caiu. Esmagou os Esmagados. Moravam nesse lugar. Quando o céu caiu, esmagou os que ficaram, e os que estavam na caverna não foram esmagados. O céu ficou por cima da caverna. Assim, passaram a se chamar Derrubadores de Céu; era o nome deles. Queriam derrubá-lo, por isso se chamaram assim, com o mesmo nome. Apesar de o céu quase os amassar, eles escaparam.

Enquanto caía, o filho mais novo e o cunhado pularam e, assim, se prepararam. O pai mandou que enfrentassem, mandou arrebentarem o céu. Fez que o arrebentassem. Apesar de o céu parecer indestrutível, mesmo assim os dois o arrebentaram.

Aquele que arrebentou o céu, aquele que tinha esse nome, arrebentou mesmo: ele se chamava Hutukarariwë. Atacou logo, sofrendo por causa do sangue, se cortando com os pedaços do céu, cortado perto dos olhos. *Kreti*! *Kreti*! *Kreti*! Fazia assim.

Ele penou. Chamava-se assim, Hutukararariwë. Escaparam por onde ele arrebentou o céu; por essa abertura, só o grupo dele escapou. Os que sobraram escaparam e saíram. Ninguém mais saiu de outro lugar. Nossos ancestrais se reproduziram a partir daqueles que conseguiram escapar. Imediatamente continuaram a se reproduzir. Assim aconteceu.

— Enquanto o céu está vivo ainda — disse o pai aos dois filhos — vocês vão juntos! Vão embravecer! Não cortem em silêncio!

A partir do momento em que nossos antepassados se reproduziram, surgiram também os Waika. Eles se dividiram.

Antigamente havia também outros grupos. Outro nome importante dessa época é o espírito Hemarewë. Todos esses nomes são nomes de espíritos. Hemarewë também vivia nessa época como pajé, ele foi um dos primeiros habitantes da região.

Mas não é o nome dos nossos antepassados. A história do nosso grupo Parahiteri se encaixa no meio da história dos Yanomami. Alguns grupos foram se extinguindo e de gerações posteriores foi que apareceram nossos antepassados.

Nossos antepassados surgiram na região central. Nós ficamos nessa região central, onde surgiu a primeira mulher,[1] pois nossos antepassados moravam lá. Ela nasceu nessa região central, ficava lá. Esses moradores foram chamados de habitantes da região central. Foi assim que nós surgimos.

---

1. História contada no volume *Os comedores de terra*, nesta mesma série.

Hutukarariwë

Hetu misi të ã: hetu misi rë tuyënowei, të ã kãi kua. Hapa a kuoma hei heaka hamɨ, hei keno kë a. Kutaenɨ ei yëtu hamɨ të pë rë kuonowei, hëyëmɨ pata të pë hĩkɨwë. Hei a patanɨ pë xëprarema. Pë ha xëya hërɨnɨ, Amahiri pë kuprarioma. Ɨhɨ misinɨ Amahiri pë xëye hërɨma. Hei pëma kɨ rë kurenaha kuwë pë hiraa. Temɨtemɨ të pë kohomowë.

Kuwë yaro hei a kerayoma. Ɨhamɨ kamiyë pëma kɨ no patama rë hare, mɨ amo hamɨ, ai të pë rë kui ĩhɨ xëamorewë xoaonowei pë rë kui, pë puhi rë mohotionowei rë kuonowei të pë kuo ha kunoha, pëma kɨ kuami, hei a urihi ha.

Kihi a rë kui, kihi parimi a rë kui, a hëtarioma makui, kihi a hëtaritayoma. Tukutuku a pata hëtariotayoma. Hei a rë kui a ha horepɨonɨ, a kerayoma.

Ɨhamɨ pëma kɨ rë pëtore, të pë pararayoma. Hei a urihi ha, hei a rë kui ha, mahu të pë rë hëtarionowei. Mahu a yahi pata hëtarioma. Ɨhɨ pëma kɨ kupropë, ĩnaha pë mori kuonomi. Hei a rë kui hamɨ, pëma kɨ no patama pararayoma, wawërayoma. Ha parahërɨnɨ, kamiyë pëma kɨ no hekama kuprarioma.

Hei a rë kuinɨ, kamiyë pëma kɨ no patama xëaɨ haikionomi. Ai të pë rë kui, të pë xëyë hërɨma. Kama pë rii Amahiri hiraopë, hëyëha. Amahiri pë wãha kua, pë rë xëparenowei!

Tirewë makui, pëma kɨ kua. Hei kurenaha, makayo kɨ kuo mao ha kunoha, kɨ pata ĩtao mao ha kunoha, pëma kɨ no patama kuami, mori hanomi. Ɨhɨ kɨ kua yaro, të pë moyaweoma.

Moyawë yaro, kihamɨ të pata kimotayou tëhë, të si wëtikɨpraaɨ ha, pë noã waxurema. Kihamɨ ai të pë mohoti no prepramoma.

— Pei, huya pë, ipa wama kɨ rë kui, hei makayo kɨ rë kui, pëma kɨ tokupë, mɨ amo yai hamɨ pëma kɨ rë kui, ya puhi mohotimi. Wama kɨ xëaɨ maopë, ĩhɨ pëma kɨ mahu rë hëtore, a urihi hamɨ, pëma kɨ no mɨhɨpropë. Hei kɨ rë kui, kɨ ta wawëahe! — e kumahe — Kɨ no mayo ta takiohe! Yo ta hõkɨhe!

E ha kuikuhenɨ, makayo kɨ të wawëaremahe, pë tokuu puhiopë yaro. E kei kuketayomahei, hei a aheteprou tëhë kɨ kope kuo waikioma. A kei aheteprou tëhë, të pata ha hëtɨrutunɨ, kama a rohote yaro, a hëtɨrayoma. A ha hëtɨrinɨ, a hëtɨi tëhë, pë rë tokure, pë rukërayoma.

— Pei! Haɨmohe! Ai të henaha, ai të henaha! A pata pitaɨ kurakiri, ɨnaha a pata tireo kuo tëhë — e kuma.

A ha kunɨ, a pata kerayoma. Xëapëteri pë rë kui, pë xëparema. Ɨhɨ pë përɨoma. Xëapëteri pë xëparema. Kama pë wãha rë kuonowei. A ha kerɨnɨ, pë rë hëpraruhe, pë xëyë hërɨma, makayo kɨ ha pë kua yaro, pë hĩkɨanomi. E pata hietiye kiriomahe, kuaaɨ tëhë, kama a wãha rë yehiponowehei, ĩhɨ hei a rë tuyënowehei, kama pë wãha kuoma. Ɨhɨ a wãha yehipomahe. A tuyëi puhiohe yaro, pë wãha kuoma, kama a wãha rë kurenaha, pë wãha kure, pë xëparioma.

A kei tëhë, a napë praɨpraimopɨmahe, ihirupɨ oxe pe heri ĩnaha a napë kuaamahe. A napë ximɨkema, pë hɨini. A no hëtɨpɨma mai ha, kurenaha a pata hëtɨpɨmarema. Kama a yai rë hëtɨmarenowei, ĩhɨ kama a wãha rë yehiporeni, a yai hëtimarema. Ihi a wãha Hũtukarariwë a wãha kuoma. A napë kea xoakema, a ĩyë no preaai makui, a rë haniiwei, pei mamo kasi ki hami. Kreti! Kreti! Kreti! — a tama.

A no preaama. Ihi a wãha Hutukarariwë kuoma. Ihi a rë hëtimare hami, pë harayoma, hei a ha. Ihi mahu a rë hëprore hami, pë harayoma. Pë ha harini, ai të hare ha kunomai! Pë mahu ha harini, kamiyë pëma ki no patama raroma. Rarou xoao hërima. Inaha të kuprarioma.

— Inaha të pata yoprao kuo tëhë — pë hiini pë noã tama. Ki noã tapima, pë hiini. — A napë ta patotoa xoaikuhe xë! Pei a napë ta iramorihe xë!Mamikãi kãi tuyëatihehë xë!

Ihi tëhë, pëma ki no patama ha pararini, Waika pë kãi kuprarioma. Pë no patama xereroma.

Kamiyë pëma ki mi amo hami pëma ki no patama harayoma. Mi amo hami, a suwë rë kepraruhe a hami, kamiyë pëma ki mi amoprarioma yaro, pëma ki no patama mi amoprarioma. Mi amo hami, a keprarioma, mi amoprou xoarayoma, mi amo hami pëma ki wãha hirapehe yaro. Inaha pëma ki kuprarioma.

Ihi pë wãha rë kui, kama pë xĩro rë përionowei, ai pë xoaa. Kamiyë pëma ki no patama, napë pë no patama kãi, waiha opi pë pëtou, waiha të warokei. Ihi te he tikë ha, hei yahë pë wãha rë waikare, ĩhi të maxi ha, mi amo ha, Hemarewë a hekura përioma. Pata të wãha, hapa Hemarewë. Hekura kipi wãha. A hekura rë përionowei, pei kë a wãha Hemarewë kuoma, hapa yai. Ihi a hekura përio mi hetuoma kutaeni pei a wãha Hemarewë pata totihiwë. Urihi a kãi hapa përiai mi hetuoma kutaeni, a wãha yuamou, pata.

Hei kama të pë no patama rii rë pëtouwei të pë wãha. Hei kamiyë pëma ki mai! Të ã yaia, kamiyë pëma ki no patama rii rë kuprarionowei. Kama pë no hekama rii rë përɨhɨi, të pë wãha rii.

Hei kamiyë mɨ amo hamɨ të ã kua. Ɨhɨ te he tikë hamɨ, hei ai xapono. Të pë përɨhimou mao tëhë, kama të pë rë pëtarionowei. Të pë rë përɨonowei, ai a xoaa. Ɨhɨ pë wãha. Ɨhɨ të rë kure hamɨ ai xapono, pë rë përɨonowei, ĩnaha të pë kuoma. Hei ai pë waikou waikioma, hei pë rë hëaaimati, pë ha maprarunɨ, hëyëha kamiyë pëma kɨ no patama rë kuprarionowei, ĩhɨ tëhë mɨ amo ha të yai kuprarioma.

O sangue de Lua

No início, os dois que flecharam Lua também existiam, antes de nossos antepassados Yanomami se misturarem. Eram espíritos. O irmão mais novo, Uhutimari, morava com seus irmãos. Eram somente eles, junto ao seu irmão mais velho, Escorpião.[1] Eram três. O mais velho tinha o nome daquele inseto que faz doer muito, o escorpião. Por isso, chamava-se Escorpião. O do meio tinha o nome da árvore paricá.[2]

Quem realmente flechou Lua, o verdadeiro flecheiro de Lua, foi Escorpião.

Por que o flechou? Naquela época, Lua ficava baixo, sentado na terra. Sendo muito faminto de carne, devorava sempre as crianças. Devorou o filho de Paricá.

Era alta, assim como hoje? Não! Perto da casa de Escorpião, erguia-se um jatobá reto, onde Lua se empoleirou desajeitadamente. Ele se sentou em uma forquilha baixa. Paricá e seu grupo moravam junto com os dois outros, Escorpião e Uhutimari. Lua devorava as filhas quase formadas, os filhos quase crescidos, as filhas quase moças. Comia as crianças dessa faixa etária.

---

1. *Uhutimari* também designa um tipo de escorpião
2. A árvore paricá fornece as sementes e a casca com as quais os Yanomami produzem um pó alucinógeno utilizado em diversos rituais.

Como as queimava, chamando assim o ódio de todos, os dois irmãos mais novos quase o flecharam quando ele desceu para atacar. Paricá se deslocou de *wayumɨ* e ensinou aos demais a se deslocarem de *wayumɨ*.[3] É por isso que hoje os Yanomami vão de *wayumɨ* até onde há o *bacabal* para se alimentar. Os irmãos iam de *wayumɨ* e, assim, nos ensinaram. Foram por lá.

O *xapono* deles era como o nosso. Ele chorou como nós choramos, ficou muito abalado. Depois da cremação do corpo do segundo filho, que Lua comeu em seguida, Paricá cobriu as cinzas no meio do *xapono*. Saíram de *wayumɨ*.

Em determinado momento, um dos integrantes teve de voltar correndo, tendo esquecido os dentes de cutia, outros ficaram sentados a certa distância. Quando chegou à entrada do *xapono*, ele viu Lua comendo as cinzas no meio do *xapono*, que a gente sempre mantém limpo. A massa de Lua se mexia.

— *Ũũũũũ* — fazia um ronco assim.

Ele comia até o carvão, devorava as cinzas com gula.

Hɨ! Ele ficou com medo e rapidamente recuou:

— Será que o monstro grande está fazendo isso? Ele está comendo? O monstro está comendo as cinzas! *Sãrai*! — disse, recuando de medo. Ele foi buscar e avisar o pai da criança morta, Escorpião, que fará Lua sofrer as consequências. Ele buscou o pai.

— O monstro grande está comendo lá! Ele está comendo o que te deixou de luto. Ele está devorando os restos, ele está comendo as cinzas do seu filho.

---

3. Longas estadias coletivas na floresta. Em geral são motivadas pela falta de comida no *xapono*. A comunidade pode se dividir em vários grupos quando se trata de um *xapono* populoso, e se desloca num vasto círculo, fazendo acampamentos sucessivos.

— Ele está comendo as cinzas do meu filho!? — perguntou o pai, desolado e chorando.

— Vamos! Vamos! Vamos, meu irmão! — disseram os dois irmãos mais novos, apesar de eles não serem bons flecheiros. — Já aprontamos as pontas de nossas flechas.

Escorpião observava os dois flechando em vão, pensando que eles não conseguiriam, apesar de Lua não estar muito alto, pois os dois eram péssimos flecheiros.

Lua se empoleirava e olhava para si mesmo, porque tinha comido o menino. Lua estava mole, digerindo mal.

Tai xiri, tai xiri, tai xiri! Os dois estavam flechando, mas suas flechas, infelizmente, não acertavam o alvo. Fizeram Lua subir, espantaram-no. Fizeram-no subir, de tantas flechas que atiraram.

Ele ficou altíssimo, rodando e subindo, e os dois insistindo. *Tai, tai, tai, tai!* Lua fez as flechas se tornarem espíritos. Por fim, Escorpião, o pai da criança morta, conseguiu vingá-la.

Nossos antepassados não sabiam fazer guerra, foi ele quem nos ensinou.

Lua subia em direção à sua casa, sua rede estava lá, lá em cima. A sua casa e a sua região estavam escondidas.

Quando Lua, que era diferente desta, passou pela porta, ele o flechou. Quando entrou, estava cansado e deitou-se lentamente na sua rede.

Escorpião se moveu, erguendo-se e ao mesmo tempo apontando a flecha para cima.

Quando estava pronto para entrar, quando Lua ia se sentar na sua rede: *prãoo, kroxooo!* Ele não falhou: apesar da altura, ele acertou completamente. Apesar de o vento sempre soprar muito nessa região, a flecha não desviou, a flecha voou direto através do vento. Quando Lua se inclinava para se deitar, a flecha se fincou entre as duas escápulas. Escorpião o fez balançar. O sangue jorrou. *Ho, ho, ho, ho, ho, ho, ooooooo!* Lua! *Taka, taka, taka, taka, taka, taka!* *Ha!* Ele o fez tremer.

O sangue caído, as gotas de sangue caindo de lá para cá não se estragaram. O sangue caía se transformando logo em gente, mas em gente feroz. O sangue se transformou em Yanomami, que imediatamente flechavam. As gotinhas de sangue voaram sem se espalhar bem. O sangue desceu flechando e não se esgotou. Os Yanomami, formados a partir do sangue de Lua, mataram os habitantes do *xapono* do flecheiro de Lua.

Ninguém sobreviveu, nem Escorpião, que se tornou espírito. Os dois que conviviam com Paricá tampouco sobreviveram. O sangue de Lua queria se tornar Yanomami; queria se tornar Yanomami ferozes. Queria se tornar matadores de Yanomami. Aconteceu, assim é.

Foi então que surgiram nossos antepassados, a partir do sangue de Lua.

Assim aconteceu: o Sangue de Lua exterminou todos os que moravam em baixo. Somente os espíritos sobreviveram, apesar de eles viverem como nós. Os Yanomami Sangue de Lua não guerrearam com os espíritos.

Pouparam Kasimi e seu neto.

Pẽripo ĩyë

Pẽripo a rë nianowei, ĩhɨ hapa kɨ kãi përɨpɨoma. Kamiyë Yanomamɨ pëma kɨ yai rë kui no patama pë koyokoo mao tëhë, Pẽripo a rë niapɨnowei, ĩhɨ kɨ kãi kupɨoma, përɨpɨoma. Hekura kuoma. Kama oxe Uhutimari e pë kãi hiraoma. Kama pë xĩro hiraoma. Suhiriwë pata, oxe ĩnaha e pë kuoma. Të pë no nini he rë parohoi, ĩhɨ patare e kuoma, Suhiriwë. Ɨhɨ rë a wãha Suhirina kuoma. Ɨhɨ rë të pë wãha rë yehiponowei, ĩhɨ rë a wãha Yakuana kuoma. Suhirina, Uhutimariwë oxe, ai a, ai a, ai a, ɨnaha e pë kuoma, kama pata. Kɨpɨ rë përɨpɨonowei, ĩnaha të kuoma.

Pẽripo a rë niaɨwei hei a yai, Pẽripo niaprarewë, Suhirina.

Exi të ha a niama? Kama Pẽriporiwë a yahatotoo tëhë, kama e pë waɨ yaro, Yakuana a wãha rë kuonowei ihirupɨ wama, Pẽriponɨ. A naiki yaro. Yahatoto ha kihi naha pita ha e të pata roo parɨoma yaro.

Kihi a rë kui ɨnaha a kuoma? Hĩɨɨ! Kuonomi. Kama yahipɨ ahete ha, pukature hamɨ të rë kurenaha, motua e ãhi wõroropë ha, e të pata wahehetaoma. Yahatoto ha e të pata hãkioma. Ɨhɨ kɨpɨ kãi përɨpɨoma. Ɨhɨ Yakuananɨ pë kãi rii përɨoma. Ɨhɨ pë tëë, suhe mo kɨ, ihirupɨ e mori pataɨ, pë tëë mori mokou, ĩnaha e pë kuprou tëhë, e pë waɨ nokamoma.

E pë iximama kutaeni, kama Përiporiwë a napë ha rurorini, oxe kipini a mori niaprai makure, Yakuana a wayumi hokërayoma, të pë wayumi hui hirai ha, të pë wayumi hui, kihami të pë iai, hoko ma pë kuo pë hami, të pë wayumi hu hërii, kurenaha të hirai ha, pë kuaama. Ihami pë ukukema.

Ihi hei ipa xapono kurenaha, pë xaponopi kuoma. Kamiyë pëma ki ĩkii rë kurenaha, a ha ĩkirini, puhi kãi no preaama. Wakë ha yëarini, ihirupi a rë nokaai kõowei ha, ĩxino heha yohopa hërini, a hokërayoma.

Kihi naha ai tëka hikari rë prare naha kama e tëka praa, kihi naha të pë kuke herayoma, roa kupe herayoma. Ai të rë rërëiwei hei kurenaha, tomi naki nohi rë mohotu-aiwehei, të rërëimama, rërëimama, rërëimama. Pei yo ka ha a mori kutou tëhë, hei kure naha, të rë kure, të rërëi-mama. Xapono mi amo a yai ha, ĩxino a wai ha, ĩhi, eini Përiporiwë a iai tararema, ĩxino a ha. Xapono ha të pë ma rë wawëtoi. Kihi yo ka rë kurenaha, yoka kua yaro. Përiporiwë a iama, ĩxinoma a ha, xapono a mi amo ha të pata hamorimorani:

— Ũũũũũ... — të pata kuma.

Ẽxehẽroma ki makui, ki wama. Të pata wëhëriwëhëri-moma. Kuwë ha:

Hi! A kirirarioma, a kiriri he tatoprarioma.

— Yai rë të pata iai ta yaipiyei, ei rë wa të no pata kiriai nosi ë! Yai të pata, ĩxinoma a ha, yai të pata rë iapiyei! Sãrai! — e kua mi yaparayoma. Ihi kama pë hii a kõai ha, a yimikamapë. Suhiriwë a yimikamapë. Ihi Suhirina iha, ĩhi ihirupi, wama yaro kutaeni, a noa prearema, ihirupi. A kõrema.

— Pei! Yai të pata ia harayou. Hei wa wã no rë preohe, të pata iai. Të pata wëhëriwëhërimou. Ihi ĩxinohë a wai — e kuma.

— Ipa ĩxino a wa harayou — e kuma, mɨa kãi.

— Pei, pei, pei, oxei, haimo! Pei, pei oxe, yai kë ũũũ! — oxe kɨpɨ kupɨma, e kɨpɨ nɨhɨtepɨmi makui.

— Pei! Ipa ya kɨ hĩihaɨ waikire! — e pë xomi kuma.

A no tapɨma mai! Oxe e kɨpɨ ma kupɨnowei, e kãi mori no mɨhɨpɨanomi, kɨpɨ ninipɨo he parohooma.

Hei kurenaha Pẽriporiwë a wahehetaoma, a mɨprou ha, ihirupɨ e warema yaro. A ëpëhëoma kutaenɨ, a xi wãrima. E kɨpɨ nini prepɨamoma. Hei naha të pata kuu makui:

— *Tai xiri, tai xiri, tai xiri!* — heinaha të pë xerekapɨ pata hãrokaɨ kuaaɨ tikooma. Ɨhɨ të rë kui a tiremarema a ha yaxuprapërinɨ.

A pata tirepɨmarema yakumɨ, xereka pënɨ hei a pata rë yaxupɨre, të pata rë hamorimoimati, kuaa hërɨɨ tëhë. *Tai, tai, tai, tai!* Xereka rë pë ma kuonowei, hekura rë e pë pehi pata hãrokoa xoarayoma. Hei a rë kuinɨ, pë hɨɨ a yainɨ, a no yurema.

Kamiyë Yanomamɨ pëma kɨ no patama niayonomi makui, ĩhɨ të pë hirama.

Pẽripo a tirewë makui, hei kama pëkɨ kihamɨ pë kɨ kuotayoma, ei yoka ma rë kurati, yoka kua, kama yahipɨ, urihipɨ pesia yaro.

Hei yoka kurenaha, inaha e yoka kua yaro. Ɨhɨ yoka kua xoaa. Yoka tapoma makui, hei a rë kui a kuo mao tëhë, a niama. A hatayou tëhë, a waximirayoma, kama pëkɨ hamɨ, a përɨo ka kuaa hërɨma.

Hei e rë hokëtore, e rë hokëtou nokare, ĩhɨ kama pëkɨ ha a përɨaɨ tëhë a nokaaɨ puhiopë yaro, a pehi mɨ nonomarema.

Kama e yoka ha të pata ha horeikutunɨ kama pëkɨ hamɨ, të pata tipëatayou tëhë: *Prãoo, kroxooo!* Yai hamɨ e kãi morokõnomi, tirewë makui, xereka e kãi hawënomi. Watori hiakawë a kua makurati, xerekapɨ kãi yarënomi. Ɨhɨ watori a pata huxomi hami xereka e morokoa katitirayo hërima. Pei pëki ha të pata wëkëatayou tëhë, pei a përiatayou tëhë, mapuupëka pata nokaretayoma. A pehi kãi pata wahehiamatayoma. Ĩyë ki pata rë hirekerati. *Ho, ho, ho, ho, ho! Ooooooo!* Pẽripo! *Taka, taka, taka, taka, taka, taka! Ha!* A pata porepi tamama.

Ĩhi rë ĩyë ki rë kerati, mokure ki rë kui, ĩyë ki wãrimou kateheo maopë, ĩyë ki kei kurati. Mokure të ĩyë pata kerayoma, hei a pita hami. Ĩha ĩyë ketayou yaro, iha ĩyë pata niayou rë xoarati, niayou kuketayoma. A ĩyë rë keimati hami, Yanomami kurenaha, kama ĩyë yanomamiprou xoarayoma. Pẽripo ĩyë rë kui ĩyë nakaxi, remaxi yëi kateheonomi. Ĩhi ĩyë kãi niayou itorayo tayoma. Ĩyë kãi mapronomi. Ĩhi ĩyë ki kepë ha, hei a rë niare, kama yahipi haikiarema.

Ai a hëpranomi. Kama Suhiriwë a kãi temi kutonomi, pei a no uhutipi hekura hurayoma. Pei a no uhutipi xĩro rë hõriprariowei, a hekura kuprarioma. Kama kipi rë kui Yakuanani ki kãi rë përipiawei, e kãi hëtonomi. A temi kãi përio hëonomi. Ĩyëpë yanomamiprou puhio yaro. Pẽripo ĩyë Yanomami xëtimi pë kuprou puhio yaro. Të kuprarioma. Ĩnaha të yai kua.

Kamiyë yama ki ĩyëpë ha ta kuio! Të pë puhi kuu maoma. Kamiyë pëma ki no patama, ĩhami pë rë pëtouwei të kuprarioma, Pẽripo ĩyë hami.

Ĩnaha të kua: Pẽripo ĩyëni pepi hami pë rë përionowei, pë haikiaremahe. Hekura pë xĩro hëprarioma. Hei kurenaha pë xĩro përioma, pë kua makure, hekura pë niaonomi.

Ĩhi pë kãi hëpraremahe. Suhiriwë yesipi, hekamapi, ĩhi e ki wai hëpipraremahe, Yakuana niipi, hekamapi.

Kasimi e o seu neto

K ASIMI e seu neto foram até os espíritos para não viverem como viviam os Yanomami. Os espíritos viviam escondidos no mato. Todos foram exterminados pelo Sangue da Lua.

Ou seja, a avó e o neto conseguiram alcançar os espíritos. Ela está lá ainda. É assim, não morreu. Aonde vão os espíritos, ela também vai, ela os alcançou. Ela chegou ao lugar dos espíritos para se tornar eterna.

Kasimi alcançou o *xapono* dos primeiros espíritos, os Ihiruwëteri, nome de espíritos. O primeiro *xapono* dos espíritos era esse, o das Crianças, Kasimi chegou a eles, ela chegou aos Oxemawëteri, os Jovens, que é outro nome deles.

Kasimi alcançou a moradia dos Parawari Yokënamari, todos solteiros, e que estavam dançando. Ela chegou durante uma festa, e, assim, nos ensinou a fazer festa. Kasimi era o nome da mãe daquele que flechou a Lua.

Os antepassados, que moravam espalhados, não resistiram aos Yanomami oriundos do Sangue da Lua, de onde nós viemos. Isso se fez para nós brigarmos, para nós guerrearmos.

Quando começaram esses eventos, os antepassados logo ficaram espertos, que antes não eram. Quando brigavam, era como uma dança, e simplesmente não paravam de rir. Quando havia guerra, não sabiam reagir e só faziam pajelança. Antes, eles não se vingavam. Durante a guerra, eles festejavam; era isso que eles faziam!

No início, havia os que ensinaram os Yanomami a morar. Os espíritos existiam e eram parecidos com os Yanomami. Os espíritos não foram obra de ninguém. Eram assim, como os Yanomami. O *xapono* deles era tão limpo como o meu, não era fechado. Moravam juntos.

Dizem que moravam assim sem ninguém os ter ensinado. Eles viviam em um *xapono* igual ao meu. Eles andavam sempre no limpo. Eles faziam amizade, conversavam e se visitavam. Se não agissem assim, teriam nos exterminado há muito tempo, pois eles nos comem. Se eles morassem ainda no limpo, todos vocês, rapazes, cantariam: *ea, ea, ea*! Todos vocês seriam pajés.

Hoje, os espíritos não são mais visíveis, pois não moram mais no limpo. Eles dançavam, faziam festas no limpo, como os Yanomami. Eles dançavam como dançam os Yanomami, no limpo.

Faziam os rituais de *himou* e de *wayamou*, cantavam como os pajés cantam.[1] Eles cantavam assim. Eles também brincavam de roubar esposas, como fazemos durante as festas.

Moravam na planície, em terra plana, não moravam naquele tipo de montanha. Depois, eles foram morar lá nas montanhas, foram logo assim.

Como eram todos gente que morava no limpo, a imagem da minha avó, apesar de ser espírito, ainda alcança os pajés, porque ela era Yanomami. A mãe daquele que flechou o monstro chegou onde moravam os matadores de

---

1. O *himou* é uma modalidade de diálogo cerimonial usada para trazer notícias, ou fazer um convite para uma festa. O *wayamou* é um diálogo cerimonial realizado à noite por um hóspede e um anfitrião por ocasião de uma visita, destinado reforçar ou restabelecer relações pacíficas entre dois *xapono*.

monstros, que moravam no limpo. Ela deve ter chegado enquanto eles ainda eram visíveis.

Aquela que fechou a casa dos espíritos se chamava Kasimi, mesmo. O segundo nome dela era Maxikomi.

Ela carregava um grande cesto. Não existia porta grande como essa. Ela carregava esse cesto andando no caminho dos espíritos.

Enquanto eles olhavam para Kasimi, o cesto apareceu. Ela não tinha o cesto até esse momento. Depois de o cesto ficar visível, apesar de haver uma grande entrada, o cesto não passava pela entrada.

Ela tentava entrar com o cesto, que bloqueava a entrada, por isso os espíritos deram uma gargalhada. Enquanto estavam rindo, ela se mexia para conseguir entrar. A casa dos espíritos estava se fechando devagar, fechando devagar e o *xapono* acabou fechando totalmente.

O *xapono* onde moravam os espíritos e cuja entrada ficou fechada tinha nome: Yoararopɨwei. Esse *xapono* se chamava Yoararopɨwei. Era muito bonito. Gostavam muito dele. Apesar de ser um *xapono*, ele era muito brilhante, como um espelho, possuía uma luz própria. Colocaram o nome de Yoararopɨwei.

— É o *xapono* de Yoararopɨwei — diziam.

Kasimi chegou lá.

— Meus queridos! Meus queridos! Estou chegando com meu netinho de um grande sofrimento. Esperem-me! Esperem-me aí! Abram a entrada! — dizia ela, vindo.

— Ó! É a voz de quem? Quem é, será?

— Meus queridos, abram a entrada! Estou chegando com meu netinho!— disse, vindo. — Eu estou chegando e sofrendo de fome! Agradem a meu netinho! O único que restou, agradem-no! Ele é meu único!

— Quem é você? De quem é essa voz?

Eles queriam que ela pronunciasse seu nome.[2]

— Quem pode ser? Quem é você mesmo? Essa voz de mulher, de quem pode ser? Ãaaaaaõooooo! — disseram.

— Sou Kasimi! Sou Kasimi! Queridinho, não pergunte quem sou! Sou Kasimi!

Escutava-se o som de seus pulos. Infelizmente a entrada fechou. Ela fez assim, como quando alguns ficam presos na cadeia. Foi assim.

A história dos espíritos foi obra de alguém? Não pensem assim! Não foi obra de ninguém! Ela aconteceu através de Kasimi. Essa é a verdade!

Eles também comiam, comiam banana-pacovã, faziam festas no tempo da pupunha, faziam também beijus, sabiam caçar, comiam anta, quando faziam festas; era assim que viviam os espíritos, no início. Tiravam lenha, assim faziam. Plantavam bananeiras, enquanto moravam no limpo, ensinando-nos, assim, a plantar. Nós continuaremos a plantar os alimentos como eles os plantavam.

Atualmente, quase que nós não comeríamos pupunhas. Foram os Japiins que espalharam as sementes de pupunheira. Não foram os antepassados dos *napë* que criaram essas pupunheiras. Eles não inventaram as sementes.

Omawë plantou pupunheiras, depois de inventar as sementes? Não, não foi ele quem fez isso!

Quando nós desconhecíamos a pupunha, os japiins se agrupavam no chão, as pupunheiras se erguiam perto daquele *xapono* cuja entrada ficou fechada.

Somente eles faziam festas no tempo da pupunha. As pupunheiras não existiam lá onde moraram Yoawë,

---

2. Os Yanomami, tradicionalmente, não podem chamar uns aos outros por seus nomes próprios, o que lhes causa constrangimento, e por isso usam termos de parentesco. Quando não há consanguinidade, são usados termos de afinidade, como cunhado ou sogro.

Omawë, Ruwëri e Pore. Foram os Japiins que criaram as pupunheiras. Os Japiins moravam com seus irmãos mais novos, os Jaloacas. Foram eles mesmos que deram essas palmeiras.

Não foram os Yanomami que conseguiram as sementes para podermos comê-las hoje. Não comemos pupunhas hoje devido a um antepassado dos *napë* que as tenha feito aparecer. Elas nos foram dadas. Foi Japiim quem as conseguiu. A pupunha se espalhou. Foi assim. Na verdade, foi assim.

Apesar de serem espíritos, foram eles que ensinaram os Yanomami a fazer festas. Os Yanomami seguem o ensino da festa daqueles dois que faziam festas, mesmo sozinhos. Eles moravam na região central. A partir daí, nós faremos festas.

Ele nos ensinará a fazer a luta de *yaimou*.[3]. Qual era o nome desses dois? Será que alguém ensinou a vocês o nome desses dois? Se um *napë* perguntasse o nome dos dois que moravam juntos, alguém diria o nome dos dois? Como eles se chamavam? Esses dois ensinaram a festa e o ritual do *yaimou*.

---

3. *Yaimou* é uma luta cerimonial realizada em festas de aliança

Kasimi

Hᴇᴋᴜʀᴀ pë iha, hei kurenaha pë kuopë ha, kɨ waropɨopë, kɨpɨ hëpɨprarioma. Waropɨkema, awei, kɨpɨ si rë poaɨwei. Ɨhɨ hekura pë iha, a rë waroore, Yanomamɨ pë përiaɨ rë kuonowei naha, a kuprou maopë.

Hekamapɨ kãi warokema. Ɨhɨ Pẽripo ĩyënɨ pë no rë watëɨwehei, pë yesinɨ hekamapɨ a kãi warokema, hekura pë iha.Ɨha a kua xoaa. Ɨnaha të kua. A nomanomi. Hekura pë huɨ tëhë, a hupë, kama a warokema. Parimi a rë kuowei, a warokema.

Hekura, ĩhɨ hapa pë rë kui, Ihiruwëteri pë xaponopɨ kuopë ha, Kasimi a warokema, hekura pë wãha. Ihiru të pë yosika rë rararenowehei pë yaro, pë wãha Ihiruwëteri kua, hekura. Ɨhɨ pë iha Kasimi a warokema. Hekura Ihiruwëteri, Oxemawëteri pë iha a warokema, Kasimi a warokema.

Parawari Yokënamari pë yai hiraopë ha, xĩro të pë pata praɨpraɨpraropë ha, Kasimi a yai warokema. Kamiyë pëma kɨ reahumou hiraɨhe tëhë, pë reahumou tëhë, e warokemahe. Kasimi a wãha kuoma. Ɨhɨ Pẽripo a rë nianowei nɨɨpɨ wãha. Pë nɨɨ e wãha Kasimi kuoma. Ɨhɨ a hëprarioma, yami xĩro, hekamapɨ xo.

Ɨhɨ ĩyë ha yanomamɨprarunɨ, hei kurenaha, ĩyë ha pëtarunɨ, ai të pë hëpranomihe, hei pata pë rë përɨhonowei. Pëma kɨ xëyopë, pëma kɨ niayopë, të tapraremahe.

Hapa ai të rë mohotimouwei, të kuonomi. Hapa të pë puhi mohotioma. Të pë xëyou tëhë, praɨɨ kurenaha, të pë ka xĩro ĩkaprou pëotima. Të pë ma niaihe tëhë, të pë imɨkɨ kãi rërëkëapraroma. Hapa të pë no yuayonomi. Të pë ma niaihe tëhë, të pë kãi praima. Ɨnaha pë kuaaɨ pëoma.

Ɨhɨ hei Pẽripo ĩyënɨ të pë rë niare a patamorayoma, Yanomamɨ hei të pë kupropë.

Kamiyë Yanomamɨ pëma kɨ përɨaɨ rë hiranowehei, hapa të pë përɨkema. Hapa hekura pë rë kui Yanomamɨ kurenaha pë kuoma.

Taprano hekura pë kuami. Kama xoati. Yanomamɨ kurenaha. Hei xapono ipa kurenaha, wawëtowë yahi kurenaha pë kuoma kãi, kahuhuwë mai, pë hiraoma.

Kama pë rë përɨohe hõra, ai tënɨ pë rë hiranowei, hekura pë kuami. Hei kurenaha ipa xapono hami Yanomamɨ kurenaha pë kuoma. Wawëtowë pë kãi hutima. Pë nohimoma, pë ã kãi wayoma, pë kãi hama huma, kuaaɨ tëhë, pë kuoma makui, ĩnaha pë kuo ha kunoha, kamiyë yëtu hëmɨ, pëma kɨ haikiareihe. Pëma kɨ rë waiwehei. Ɨnaha pë kuo xoao ha kunoha, hei huya wama kɨ rë kui. *Ea, ea, ea!* Hitɨtiwë wama kɨ kui.

Pë wawëtowë kua yaro. Hei kuikë pë wawëtoami. Yanomamɨ kurenaha pë kãi praima, praɨama, wawëtowë, pë kãi reahumoma. Yanomamɨ praɨpraɨmou wawëtowë kurenaha pë kuaama.

Pë kãi himoma, pë wãyamoma, ĩhɨ pë rë hekuramore, amoa kurenaha pë kuma. Amoa a rë taiwehei ĩnaha pë kuma. Pë hesiopɨ kãi hãkɨoma, pë kuaama.

Wawëtowë pë hirao tëhë, yarɨta ha. Kama pë yarɨtaoma yaro, kihi ma pë rë kui, ɨnaha të pë kuonomi. Ɨhɨ kihi kama pë yahipɨ hami pë përɨhɨrarioma. Ɨnaha pë kurarioma.

Hekura taprano pë mai! Wetinɨ pë taprarema? Kama xoati pë Yanomamɨ rë përɨkenowei pë yaro, kuoma makui, pë wawëtowë kua ha, ɨ̃hɨ yayë a wãha no uhutipɨ rë hirore, hekura a makui, a waroo xoa. Yanomamɨ a kuoma yaro. Ɨhɨ yai të rë nianowei nɨɨpɨ ɨ̃hɨ pë xĩro kuopë ha a ha waroa taronɨ, wawëtowë pë kuopë ha, e kõo kateheo ha maohenɨ.

Pë pëka rë kahuprarenowei, Yanomamɨ a wãha, ɨ̃hɨ a wãha Kasimi kuoma. Maxikomi ai a wãha. Pei pëka yai rë kahuprarenowei, Kasimi a wãha yai kua. Maxikomi oraora a wãha. Korokoro a wãha yai Kasimi kuoma.

Ɨhɨnɨ yotema a pata ha yehitarɨnɨ, hei yo ka rë kurenaha, yo ka kuami makure, pë peipɨ yo pata rë haawei hamɨ të pata yehitarema. E pë mɨ puruama, pë mɨ puruaɨ tëhë, e të pata pëtarioma. A yehiponoma mai! Të pata ha pëtamarɨnɨ, të yosi ka pata hore kuwë totihiwë makui, e pata hõkikeyoruma.

E të pata ha hõkiikionɨ, të kãi pata rë hare, ĩnaha a kuaaɨ tëhë, e të pata hõkikei ha, hekura e pë ka ĩkapraroma, no ka ĩkaprarɨ he, ĩkaprarɨ he kurenaha e të pata yãika hërɨɨ tëhë, hekura pë yahipɨ ka komaaimatayoma, komaa hërɨma, komaa hërɨma, komaa hërɨma, pë pë ka kahuprarema. Kihi pei ma pë ma rë kõmii. Pë ka kahuprarema. Tei, tei huxomi hamɨ pë tapramarema. Hekura pë huxomipramaɨ xoarayoma. Të yai kuprawë.

Kama hekura pë pëka rë kahumanowei, pë xaponopɨ rë kuonowei, pei pë xaponopɨ wãha. Ɨha pë rë përɨonowei, ai të pënɨ pë wawëtowë rë përɨonowei, pë rë reahumonowei, e wãha xapono yupraɨ taohe? Ɨ̃hɨ xapono Yoararopɨwei a xapono wãha, Yoararopɨwei. A riëyëhëo he parohoma. A nohi toaɨ totihiomahe. Xapono a makui të xĩi pata hãtohãtopraramamahe. Mire pë xĩi rë kurenaha e xĩi kuaaɨhe yaro, a wãha Yoararopɨwei tapomahe.

— Yoararopɨwei kë a — pë kuma. Ɨha e warokemahe. Kasimi a warokema.

— Oxeiwë pëë! Oxeiwë pëë! Ipa xëtëwë! Ya no kãi wai preaaimi! Wamare no ta tapa! Miha wamare no ta tapa! Yo ka ta karokɨhe! — a kuimama.

— Õ! Weti kë a wã? Weti wa wã ta tawëëë?

— Oxei, oxei, yo ka ta karopahe! Ya hekamapɨ wai pararuaɨ kë a kure! — e kuimamahe — Ipa ya të ohiri no kãi wai preaaimi! Ipa të nohi wai ta toahe! Ipa të wai mahu rë hëprouwei, ipa të nohi wai ta toahe! Ɨhɨ ipa të wai mahu yaro.

— Weti kë wa? Weti kë wã ta tawë? — e pë kuma. A wãha yupramapehe — Weti naha kuwë pei wa të ã yai ta tawë? Weti kë wa wãaaa ëëë? Weti naha kuwë suwë wa të ã yai ta tawë? Ãaaaaaõooooo! — e të pë pata kuma.

— Kasimi kë ya wã, Kasimi kë ya wã — e kurayomahe. — Oxei weti ma. Kasimi kë ya wã!

E të pë mamikɨ pata haruharumopë. Pë pëka kahupraɨ tikorayoma. Napë pë pëka kahumaɨ hiraɨ ha, pë pëka ma rë kahuowei, ai pë pëka mare kahuowei kurenaha të taprarema. Ɨnaha të kuprarioma.

Hekura taprano pë wãha! Pë puhi kuɨ mai! Kama taprano pë mai! Kama Kasiminɨ ɨnaha pë yai taprarema. Ei të ã yai.

Pë kãi iama, kurata pë kãi wamahe, raxa a kãi reahuamahe, naxi hĩ pë kãi ramamahe, pë naiki kãi taoma, xama pë kãi wamahe, pë reahuamamahe, hekura pë kuaaɨ parɨoma. Kãɨ ãxo pë kãi tamahe, pë tarikɨ taoma, ɨnaha pë kuaama, kurata si pë kãi keamahe, hei kurenaha pë wawëtowë kuo tëhë, pëma kĩ hiraɨhe ha. Ɨhɨ pënɨ pëma kɨ ni rë keore, pëma të taɨ hëopë. A nii keamahe.

Kihi kamiyë pëma kɨnɨ kihi raxa pëma kɨ mori waɨ hëonomi. Ɨhɨ pënɨ ĩha ãyakorari pë iha mo rë piyëarahei hami kihi të si ki, piyërenowei hami. Napë pë no patapini raxa mo taprai taonomihe. Mo kãi tapranomihe.

Omawëni mo ha taki hërini, mo keke hërima? Keanomi.

Pëma ki tao mao tëhë, ãyakorari pita ha pë përioma, ĩhi pë pëka rë kahuprarenowei hami, kihi të si pë.

Ihi pë mahuni raxa a reahuamahe. Kihami, Yoawë, Omawë, Ruwëri, Pore kihi si ki kuonomi. Ãyakorari pë yaia kure. Ãyakoari, Kuyarori oxe pë xo, pë përioma. Ihami hei si ki rii piyëwa notiwa.

Yanomami të pëni kihi, mo ha piyëprariheni, pëma të pë wai hëami. Napë iha napë a patani mo ki ha pëtamarini, pëma ki wai hëami. Ihi piyëwa. Pë aka praukurayoma. Inaha a kuprarioma. Inaha të kua, hei të yai.

Hekura pë makuini pëma ki reahumou hirakemahe, Yanomami. Reahu a rë hiranowei, pëma ki reahumopë, yami kipi makui, ĩhi të mi amo ha, ki përipioma.

Ihi të he tikëa ahete ha, reahumorewë pëma të tapë, yãimorewë pëma të tapë, a rë hiranowei. Ihi weti naha kipi wãha kupioma, ĩhi kipi wãha hirapikemahe, kama wama ki iha? Ai të pëni napë pë iha, të wãrihihe ha, ki pata rë përipio mi hetuonowei, ki wãha yupiamahe? Ihi weti naha ki wãha kupia? Reahu të rë hirapinowei, yãimou të rë hirapinowei.

O pássaro siikekeata

K EORA, *kiriɨi, keora kiri*! — disse assim. Os dois fugiram ensinando a fazer o *yaimou*. Apesar de serem somente dois, faziam festa, ensinaram a encher os cestos de fruta conori. Não sabiam matar anta, porém tinham muita anta moqueada.

Como se chamavam os dois avós de Siikekeatawë? O neto deles se chamava Siikekeatawë.

Siikekeã, *keã, keã*! Vocês escutam esse canto de passarinho? Era o nome dele. Não era Yoawë. Era outro irmão mais velho. Yoasiwë era o nome do irmão mais novo.

As famílias yanomami em geral são numerosas.

Esses dois apareceram na sequência desta história. Sim, os dois apareceram. Aquele que eles chamam Yoahiwë, aquele se tornou *napë*, os dois foram ao rio Tanape. Omawë e Yoahiwë se tornarão *napë*. Não foram esses dois que ficaram. Não foi Omawë, o irmão mais velho e bonito. Nem Yoasiwë. Não foi aquele passarinho *uxuweimɨ* bonito que ficou.[1]

Trata-se aqui de outros dois. Ficaram somente os de aparência velha e triste. Esses dois ficaram.

Onde fica a foz do rio, cuja parte inferior olhamos? Onde se encontram os dois rios? Foi nesses dois rios que os dois se dividiram. É assim. É essa a história dos dois que se dividiram.

1. Referência ao herói Omawë. Ver o volume *Os comedores de terra*, nesta série.

Esses dois irmãos mais velhos ficaram, ficaram fazendo festa, ensinaram os descendentes a fazer festa. Terminou a festa, a festa acabou quando juntaram a comida, colocaram a carne de anta em cima dos conoris. Enquanto isso, eles cheiraram paricá. Ensinaram o *yaimou*, apesar de estarem sozinhos. Os dois conversaram, fazendo o *yaimou* no meio do *xapono*.

— Sou teu irmão e pergunto, como vamos falar? Nós vamos discutir e, depois, nos fazer comer mesmo! — disseram os dois, ensinando.

Disseram o que dizem os Yanomami quando fazem o ritual de *yaimou*. Os dois deram exemplo aos Yanomami.

— Vamos encher a barriga até cair! — falavam brincando, como se houvesse muita gente ao redor.

— *Aë, aë, aë, aë, aë, aë, heeeee.*

Enquanto dizia isso, o neto deles saiu levando o arco pequeno *haowa*. Ouviu a voz forte do pai. O menininho escutou a voz forte do seu pai, a voz vinha subindo da curva do rio. Apesar de ele não ser de grande tamanho, apesar de ele ser pequeno, a voz forte espantou os dois até os expulsar.

Enquanto flechava passarinhos, o neto correu até certa distância e, enquanto flechava, a voz forte surgiu.

Os dois avós faziam *yaimou*, se batendo no corpo. *Hëë, hëë, hëë, haëëë, haëëë, haëëë*! (Eu mesmo sou surrado pelos meus parceiros ao fazer o *himou*!)

Enquanto faziam assim, o neto rodeava para matar passarinhos. Nesse momento, a voz grande surgiu. A voz não era fina.

— Siiiikekeã, *kea, kea*, rasgar a pele, rasgar, rasgar! — dizia a voz, chegando.

A floresta estava tremendo com essa voz.

— Siiiiikekea, *kea, kea*! dizia a voz, chegando.

Apesar de ser pequeno, ele estava andando ali, ouvindo essa voz.

Enquanto os dois avôs discutiam, o neto retornou. Na entrada, soltou o arco. Soltou-o de medo.

— Avô! Avô! Parem com esse barulho! A voz terrível do monstro se aproxima! Ele vem rasgar a pele de vocês, a voz já está perto, avô, parem!

Quando os dois pararam, assustados, pararam de repente, a voz surgiu naquele instante. Quando ficaram silenciosos, ouviu-se logo a voz forte:

— Siiiiikekea, *kea, kea*!

— *Hïïi*! — os dois gemeram, e se levantaram assustados. O que lhes aconteceu?

— Vamos! Vamos, querido! O monstro vai rasgar nossa pele, parente querido, vamos, vamos, depressa! — disse o mais velho, cujo nome já disse.

Enquanto a voz dizia isso, o irmão mais velho também queria se transformar.

— Vamos, venha, meu irmãozinho, venha, meu netinho! Vamos depressa! O neto rodava na frente dos dois.

— *Keora kïri*! *Keora kïri*! *Keora kïri*, vamos cair na água, lá embaixo! — os dois logo disseram.

Os dois disseram isso, embarcaram e voaram acima da água. Lá, os dois caíram rio abaixo. Enquanto os dois prosseguiam, a cauda vermelha do neto saiu. *Prohu*!

O neto seguiu os avós, aqueles que voam. Por que ele tem esse nome de Yoasiwë? Quando os passarinhos pousam em galhos fincados na água, a cauda deles não é vermelha? O neto se transformou nesse passarinho. Onde ele se transformou, onde foram os dois avós, a imagem do neto ficou, se multiplicou e ficou voando acima das águas. Os dois avós caíram, levando à frente deles seu verdadeiro neto, de quem restou somente a imagem. Foi assim.

Onde os dois avós caíram e onde a sua imagem ficou, se soterra o fim do rio. É lá que os dois moram, eles não morreram e ainda moram lá. Eles não morrem de doença.

Os dois ensinaram o *yaimou*, da mesma forma que faziam; é por isso que nós, Yanomami, fazemos festas. Nós perpetuamos os rituais. Não foram outros que nos ensinaram a fazer festa.

Siikekeatawë

K EORA *kiriii, keora kiri!* — a ha kurini, ki rë tokupirayonowei të tamahe, ĩhi kipini yãimou të yai hirapikema, yami kipi makui kipi reahumoupii ha kuponi, momo, a yami makui të pë yorehi pata tai hirapii ha, ki no xamapi mi makui, xama të pë pata rë tapiamanowei.

Ĩhi Siikekeatawë xii e ki rë kupionowei, weti naha ki wãha kupia? Hekamapi e wãha. Siikekeariwë e wãha kuoma.

Siikekeã, *keã, keã!* Wama të pë kiritami kui hiriai tao? Ĩhi e wãha kuoma. Ĩhi hei Yoawë, ĩhi mai, ai rii pata yai, ĩhi ai a rë kui oxe a wãha, Yoasiwë oxe ai a wãha, ai pë marë Yanomami tetei, ki rë përipitou hërayonowei, ĩnaha kipi hëpitou kurayoma.

Yoahiwë, të pë rë kuiwei, ĩhi kihami hei të pë napëpropë, hëyëmi pata u hami, kipi hupinomi. Ai ki rii hupirayoma. Napë të pë kupropë. Hei kipi rë hëpitore, Yoahiwë, Omawë pata a yai hei katehe a yai rë kui ĩhi mai! Ĩhi Uxuweimi si pë rë riëhëi ĩhi mai!

Të si pë puhi rë ahii, të si pë wai tapramou rë rohotei, ĩhi hei kipi përipia hëkema. Ĩhi pata e hëkema. Ei ai kipi rë kui, kihami ai a kurayoma, kihami Totewë a kurayoma.

Weti ha pei u ki he tikëpia kure yai? Pëma u pë koro rë miiwei. Kama u kipi weti ha u kipi he tikëa?Ĩhi u kipi hami kipi rë xereronowei. Ĩnaha të kua.

Kɨ yai rë xererepɨprarionowei ĩhɨ të rii. Ɨhɨ të rë kui hei pata e kɨ rë hëpɨre, kɨpɨ reahumopɨɨ hëoma, notiwa të pë reahumou hiraɨ ha. Kɨpɨ waikɨpɨprou, reahumou tiraprou, nii pë pata kõkapɨrarei, momo pë pata heaka hamɨ xama pë pata makekepɨrei, kupɨaɨ tëhë, ẽpena a kopɨama. Të pë yãimou hiraɨ ha, yami kɨpɨ makui. Kɨpɨ noã tayou, mɨ amo ha kɨpɨ yãimapɨyoma, pata a makui xo.

— Hei aihë ya rë kui weti naha yahë kɨ kupë? Yahë kɨ noã tayou ta kuparuni, yahë kɨ iamayou ta yaio këëë — kɨ kupɨma, të hirapɨɨ ha.

— Weti naha Yanomamɨ të pë kuɨ, të pë yãimou tëhë? — Të pë kuma? Ɨhɨ e kɨpɨ kumahe.

— Pëhë e kɨ pëtɨrɨ praparei! — kɨpɨ xomi kuma, ai të pë kuama mai ha. Pë ĩtapɨpraapë pë kopemapɨma.

— *Aë, aë, aë, aë, aë, aë, heeeee* — e hore kuma.

Kuɨ tëhë, hei hekamapɨ e horepɨkema. Haowa e ha hayurëma. Ɨhɨ ya e wãha rë yuprarɨhe, e horekema. E wãha rë kuonowei. Ɨhini kama pë hɨɨ a wã pata hĩriapë. Ɨhɨ pë hɨɨ e rë kuonowei, ihirupɨ wainɨ e ã pata hirirema. Pei e të ã mɨ pata yamou kuimi, e të ã pata ãyoriaɨ kuimi. Ɨnaha të kasi pata kuwëmi makui, të wai ma ihirupɨwei, të huxomi ha preonɨ, kɨ rë yaxupɨre të kupropë.

Hekamapɨ e rërëpɨpe kirioma, kiritamɨ pë wai niaɨ tëhë, pë wai tɨhɨyëmaɨ tëhë, e të ã pata pëtarioma, yaimopɨɨ tëhë, pë xɨɨ kɨ ã karëhopɨɨ tëhë, kɨ si rë paipɨyouwei:

— *Hëë, hëë, hëë, haëëë, haëëë, haëëë*, kɨ kupɨɨ tëhë, kiritamɨ e pë napë tiporema. (Ware si marë yoaɨwehei, ware a himomaɨhe tëhë.)

Kuɨ tëhë, të ã pata pëtarioma. Wã okaroonomi.

— Siiiiikekea, *kea, kea, keããããã!* — e të pata kutoimama.

Urihi kë a pata haruharumotamama.

— Siiiiikekea, *kea, kea!* — e të pata kutoimama.

Të wai ma ihirupɨwei rë, kiharë të wai ma hure.

Kuɨ tëhë, pë xɨɨ kɨpɨ noã tayou tëhë, a he tatoprarioma. Pei yo ka ha e haowapɨ huheprakema. E kiriri huheprakema.

— Xoape! Xoape! Kɨ ã ta mapɨiku! Yai të ã no pata kiriaimi, wahë kɨ si rĩya ikekaimi, të ã pata ahetea waikire, xoape, kɨ ã ta mapɨpo! — e kupɨma. E kɨ ã mapɨprapema kiriri, mapɨprao tëhë, e ã pata pëtou nokarayoma. Kɨ mata waipɨprao tëhë, të ã pata nokakeyoruma.

— Siiiikekea, *kea, kea!* — e të pata kupɨtarioma.

— *Hĩi!* — e kɨ kupɨma, e kɨ kiriri hokëkëpɨprou ha xoaronɨ, ĩhɨ weti naha e kɨ kupɨprarioma?

— Pei kë! Pei kë! Yai tënɨ pëhë kɨ si rĩya rë ikekaimi ë! Pusi pei këë! Pei këëë! Pei a ta haɨpraru xë! Pata e kuma, ya e wãha rë yuprarɨhe.

— Haimo pusi, xei, hapoxë pei kë, haɨmoxë, hekamapɨ e mɨ wai tarɨapraroma.

— *Keora kɨri! Keora kɨri! Keora kɨri!* — e kɨpɨ kuɨ xoaoma.

Ɨhɨ rë e kure, porakapɨ kɨ rërëpɨa xoarayo hërɨma, pei u heaka hamɨ. Kihamɨ kɨ kepɨ kiriopë. Kɨ kupɨa hërɨɨ tëhë, hekamapɨ ya e wãha rë takɨhe, ĩhɨ kɨ kupɨa hërɨpë hamɨ, e texina ĩyë. *Prohu!*

Ɨhamɨ e pë nosi yaurayo hërɨma. Ɨhɨ rë pë yëi. Ɨhɨ exi të pë Yoasiwë? Mau u pë hetu hamɨ, të pë texina rë ĩyëi? Ɨhɨ e kuprario hërɨma. Ɨhɨ xɨɨ e ku hërɨpë hamɨ, a no uhutipɨ rë hëaanowei, mau u pë hetu hamɨ pë yëi. Ɨnaha pë kuprarioma. Pei a yai rë kui, a kãi kepɨye kirioma. No uhutipɨ a hëpɨmake hërɨma. Ɨhɨ rë a pararupɨre hërɨma. Ɨnaha të kuprarioma.

Ɨhɨ kɨpɨ rë kepɨora kiri, kɨpɨ no uhutipɨ rë përɨpëye kirionowei hamɨ, pei u koro titia. Ɨhamɨ kɨ përɨpɨa. Kɨ rë nomapɨno rë mai, ĩhɨ kɨpɨ xoaa. Ai kɨ ha wãritipɨprarunɨ, kɨ nomapɨnomi. Kɨ ha xawarapɨprarunɨ, kɨ kãi nomapɨ taimi.

Ihɨ kɨpɨnɨ yãimou, të rë hirapɨnowei, ĩnaha të tapɨma yaro, Yanomamɨ pëma kɨ reahumou. Pëma të pou hëa. Ai të pënɨ reahumou tararenowehei, të rë hiranowehei, kuami. Inaha të kua.

COLEÇÃO «HEDRA EDIÇÕES»

1. *A metamorfose*, Kafka
2. *O príncipe*, Maquiavel
3. *Jazz rural*, Mário de Andrade
4. *O chamado de Cthulhu*, H. P. Lovecraft
5. *Ludwig Feuerbach e o fim da filosofia clássica alemã*, Friederich Engels
6. *Hino a Afrodite e outros poemas*, Safo de Lesbos
7. *Præterita*, John Ruskin
8. *Manifesto comunista*, Marx e Engels
9. *Rashômon e outros contos*, Akutagawa
10. *Memórias do subsolo*, Dostoiévski
11. *Teogonia*, Hesíodo
12. *Trabalhos e dias*, Hesíodo
13. *O contador de histórias e outros textos*, Walter Benjamin
14. *Diário parisiense e outros escritos*, Walter Benjamin
15. *Don Juan*, Molière
16. *Contos indianos*, Mallarmé
17. *Triunfos*, Petrarca
18. *O retrato de Dorian Gray*, Wilde
19. *A história trágica do Doutor Fausto*, Marlowe
20. *Os sofrimentos do jovem Werther*, Goethe
21. *Dos novos sistemas na arte*, Maliévitch
22. *Metamorfoses*, Ovídio
23. *Micromegas e outros contos*, Voltaire
24. *O sobrinho de Rameau*, Diderot
25. *Carta sobre a tolerância*, Locke
26. *Discursos ímpios*, Sade
27. *Dao De Jing*, Lao Zi
28. *O fim do ciúme e outros contos*, Proust
29. *Pequenos poemas em prosa*, Baudelaire
30. *Fé e saber*, Hegel
31. *Joana d'Arc*, Michelet
32. *Livro dos mandamentos: 248 preceitos positivos*, Maimônides
33. *Eu acuso!*, Zola | *O processo do capitão Dreyfus*, Rui Barbosa
34. *Apologia de Galileu*, Campanella
35. *Sobre verdade e mentira*, Nietzsche
36. *Poemas*, Byron
37. *Sonetos*, Shakespeare
38. *A vida é sonho*, Calderón
39. *Sagas*, Strindberg
40. *O mundo ou tratado da luz*, Descartes
41. *Fábula de Polifemo e Galateia e outros poemas*, Góngora
42. *A vênus das peles*, Sacher-Masoch
43. *Escritos sobre arte*, Baudelaire
44. *Cântico dos cânticos*, [Salomão]
45. *Americanismo e fordismo*, Gramsci
46. *Balada dos enforcados e outros poemas*, Villon
47. *Sátiras, fábulas, aforismos e profecias*, Da Vinci
48. *O cego e outros contos*, D.H. Lawrence
49. *Imitação de Cristo*, Tomás de Kempis
50. *O casamento do Céu e do Inferno*, Blake
51. *Flossie, a Vênus de quinze anos*, [Swinburne]
52. *Teleny, ou o reverso da medalha*, [Wilde et al.]
53. *A filosofia na era trágica dos gregos*, Nietzsche
54. *No coração das trevas*, Conrad

55. *Viagem sentimental*, Sterne
56. *Arcana Cœlestia* e *Apocalipsis revelata*, Swedenborg
57. *Saga dos Volsungos*, Anônimo do séc. XIII
58. *Um anarquista e outros contos*, Conrad
59. *A monadologia e outros textos*, Leibniz
60. *Cultura estética e liberdade*, Schiller
61. *Poesia basca: das origens à Guerra Civil*
62. *Poesia catalã: das origens à Guerra Civil*
63. *Poesia espanhola: das origens à Guerra Civil*
64. *Poesia galega: das origens à Guerra Civil*
65. *O pequeno Zacarias, chamado Cinábrio*, E.T.A. Hoffmann
66. *Um gato indiscreto e outros contos*, Saki
67. *Viagem em volta do meu quarto*, Xavier de Maistre
68. *Hawthorne e seus musgos*, Melville
69. *Ode ao Vento Oeste e outros poemas*, Shelley
70. *Feitiço de amor e outros contos*, Ludwig Tieck
71. *O corno de si próprio e outros contos*, Sade
72. *Investigação sobre o entendimento humano*, Hume
73. *Sobre os sonhos e outros diálogos*, Borges | Osvaldo Ferrari
74. *Sobre a filosofia e outros diálogos*, Borges | Osvaldo Ferrari
75. *Sobre a amizade e outros diálogos*, Borges | Osvaldo Ferrari
76. *A voz dos botequins e outros poemas*, Verlaine
77. *Gente de Hemsö*, Strindberg
78. *Senhorita Júlia e outras peças*, Strindberg
79. *Correspondência*, Goethe | Schiller
80. *Poemas da cabana montanhesa*, Saigyō
81. *Autobiografia de uma pulga*, [Stanislas de Rhodes]
82. *A volta do parafuso*, Henry James
83. *Ode sobre a melancolia e outros poemas*, Keats
84. *Carmilla — A vampira de Karnstein*, Sheridan Le Fanu
85. *Pensamento político de Maquiavel*, Fichte
86. *Inferno*, Strindberg
87. *Contos clássicos de vampiro*, Byron, Stoker e outros
88. *O primeiro Hamlet*, Shakespeare
89. *Noites egípcias e outros contos*, Púchkin
90. *Jerusalém*, Blake
91. *As bacantes*, Eurípides
92. *Emília Galotti*, Lessing
93. *Viagem aos Estados Unidos*, Tocqueville
94. *Émile e Sophie ou os solitários*, Rousseau
95. *A fábrica de robôs*, Karel Tchápek
96. *Sobre a filosofia e seu método — Parerga e paralipomena (v. II, t. I)*, Schopenhauer
97. *O novo Epicuro: as delícias do sexo*, Edward Sellon
98. *Sobre a liberdade*, Mill
99. *A velha Izerguil e outros contos*, Górki
100. *Pequeno-burgueses*, Górki
101. *Primeiro livro dos Amores*, Ovídio
102. *Educação e sociologia*, Durkheim
103. *A nostálgica e outros contos*, Papadiamántis
104. *Lisístrata*, Aristófanes
105. *A cruzada das crianças/ Vidas imaginárias*, Marcel Schwob
106. *O livro de Monelle*, Marcel Schwob
107. *A última folha e outros contos*, O. Henry
108. *Romanceiro cigano*, Lorca
109. *Sobre o riso e a loucura*, [Hipócrates]
110. *Ernestine ou o nascimento do amor*, Stendhal
111. *Odisseia*, Homero

112. *O estranho caso do Dr. Jekyll e Mr. Hyde*, Stevenson
113. *Sobre a ética — Parerga e paralipomena (v. II, t. II)*, Schopenhauer
114. *Contos de amor, de loucura e de morte*, Horacio Quiroga
115. *A arte da guerra*, Maquiavel
116. *Elogio da loucura*, Erasmo de Rotterdam
117. *Oliver Twist*, Charles Dickens
118. *O ladrão honesto e outros contos*, Dostoiévski
119. *Sobre a utilidade e a desvantagem da história para a vida*, Nietzsche
120. *Édipo Rei*, Sófocles
121. *Fedro*, Platão
122. *A conjuração de Catilina*, Salústio
123. *Escritos sobre literatura*, Sigmund Freud
124. *O destino do erudito*, Fichte
125. *Diários de Adão e Eva*, Mark Twain
126. *Diário de um escritor (1873)*, Dostoiévski
127. *Perversão: a forma erótica do ódio*, Stoller
128. *Explosao: romance da etnologia*, Hubert Fichte

COLEÇÃO «METABIBLIOTECA»

1. *O desertor*, Silva Alvarenga
2. *Tratado descritivo do Brasil em 1587*, Gabriel Soares de Sousa
3. *Teatro de êxtase*, Pessoa
4. *Oração aos moços*, Rui Barbosa
5. *A pele do lobo e outras peças*, Artur Azevedo
6. *Tratados da terra e gente do Brasil*, Fernão Cardim
7. *O Ateneu*, Raul Pompeia
8. *História da província Santa Cruz*, Gandavo
9. *Cartas a favor da escravidão*, Alencar
10. *Pai contra mãe e outros contos*, Machado de Assis
11. *Democracia*, Luiz Gama
12. *Liberdade*, Luiz Gama
13. *A escrava*, Maria Firmina dos Reis
14. *Contos e novelas*, Júlia Lopes de Almeida
15. *Iracema*, Alencar
16. *Auto da barca do Inferno*, Gil Vicente
17. *Poemas completos de Alberto Caeiro*, Pessoa
18. *A cidade e as serras*, Eça
19. *Mensagem*, Pessoa
20. *Utopia Brasil*, Darcy Ribeiro
21. *Bom Crioulo*, Adolfo Caminha
22. *Índice das coisas mais notáveis*, Vieira
23. *A carteira de meu tio*, Macedo
24. *Elixir do pajé — poemas de humor, sátira e escatologia*, Bernardo Guimarães
25. *Eu*, Augusto dos Anjos
26. *Farsa de Inês Pereira*, Gil Vicente
27. *O cortiço*, Aluísio Azevedo
28. *O que eu vi, o que nós veremos*, Santos-Dumont
29. *Poesia Vaginal*, Glauco Mattoso

COLEÇÃO «QUE HORAS SÃO?»

1. *Lulismo, carisma pop e cultura anticrítica*, Tales Ab'Sáber

2. *Crédito à morte*, Anselm Jappe
3. *Universidade, cidade e cidadania*, Franklin Leopoldo e Silva
4. *O quarto poder: uma outra história*, Paulo Henrique Amorim
5. *Dilma Rousseff e o ódio político*, Tales Ab'Sáber
6. *Descobrindo o Islã no Brasil*, Karla Lima
7. *Michel Temer e o fascismo comum*, Tales Ab'Sáber
8. *Lugar de negro, lugar de branco?*, Douglas Rodrigues Barros
9. *Machismo, racismo, capitalismo identitário*, Pablo Polese
10. *A linguagem fascista*, Carlos Piovezani & Emilio Gentile
11. *A sociedade de controle*, J. Souza; R. Avelino; S. Amadeu (orgs.)
12. *Ativismo digital hoje*, R. Segurado; C. Penteado; S. Amadeu (orgs.)
13. *Desinformação e democracia*, Rosemary Segurado
14. *Labirintos do fascismo, vol. 1*, João Bernardo
15. *Labirintos do fascismo, vol. 2*, João Bernardo
16. *Labirintos do fascismo, vol. 3*, João Bernardo
17. *Labirintos do fascismo, vol. 4*, João Bernardo
18. *Labirintos do fascismo, vol. 5*, João Bernardo
19. *Labirintos do fascismo, vol. 6*, João Bernardo

COLEÇÃO «MUNDO INDÍGENA»

1. *A árvore dos cantos*, Pajés Parahiteri
2. *O surgimento dos pássaros*, Pajés Parahiteri
3. *O surgimento da noite*, Pajés Parahiteri
4. *Os comedores de terra*, Pajés Parahiteri
5. *A terra uma só*, Timóteo Verá Tupã Popyguá
6. *Os cantos do homem-sombra*, Mário Pies & Ponciano Socot
7. *A mulher que virou tatu*, Eliane Camargo
8. *Crônicas de caça e criação*, Uirá Garcia
9. *Círculos de coca e fumaça*, Danilo Paiva Ramos
10. *Nas redes guarani*, Valéria Macedo & Dominique Tilkin Gallois
11. *Os Aruaques*, Max Schmidt
12. *Cantos dos animais primordiais*, Ava Ñomoandyja Atanásio Teixeira
13. *Não havia mais homens*, Luciana Storto

COLEÇÃO «NARRATIVAS DA ESCRAVIDÃO»

1. *Incidentes da vida de uma escrava*, Harriet Jacobs
2. *Nascidos na escravidão: depoimentos norte-americanos*, WPA
3. *Narrativa de William W. Brown, escravo fugitivo*, William Wells Brown

COLEÇÃO «ANARC»

1. *Sobre anarquismo, sexo e casamento*, Emma Goldman
2. *O indivíduo, a sociedade e o Estado, e outros ensaios*, Emma Goldman
3. *O princípio anarquista e outros ensaios*, Kropotkin
4. *Os sovietes traídos pelos bolcheviques*, Rocker
5. *Escritos revolucionários*, Malatesta
6. *O princípio do Estado e outros ensaios*, Bakunin
7. *História da anarquia (vol. 1)*, Max Nettlau
8. *História da anarquia (vol. 2)*, Max Nettlau

9. *Entre camponeses*, Malatesta
10. *Revolução e liberdade: cartas de 1845 a 1875*, Bakunin
11. *Anarquia pela educação*, Élisée Reclus

Adverte-se aos curiosos que se imprimiu este livro na
gráfica Meta Brasil, na data de 5 de maio de 2022, em papel
pólen soft, composto em tipologia Minion Pro e Formular,
com diversos sofwares livres, dentre eles LuaLaTeXe git.
(v. a5580bc)